陳
秀
珍

著

巴
列
霍

遇
到

【自序】豐富之旅

／陳秀珍

　　《遇到巴列霍》集結我2016年與2017年參加三個國外詩歌節所寫的詩。足跡所至的國家包括孟加拉（2016年）、土耳其（2016年）、馬其頓（2016年）、科索沃（2016年）、秘魯（2017年）。

【輯一・孟加拉的天空】

　　托名詩人李魁賢榮獲卡塔克文學獎之福，我與數位台灣詩人在他領軍下，參加2016年1月底在孟加拉首都達卡舉辦的卡塔克國際詩人高峰會（Kathak International Poets Summit 2016），因為是第一次遠征國外參加國際詩歌盛會，行前不斷聽見自己興奮的心跳聲，因此寫下序詩〈行程〉，感謝命運之神賜予我春天的通行證。

　　從雙腳踩上孟加拉國土開始，就不斷接受來自四面八方的感官刺激。人口多達一千多萬的首都達卡，讓我隨時隨地意識到正處於一個宗教信仰、民俗風情極為不同的國家。人力車之都，每天道路上充斥60多萬輛人力車。詩歌節期間，詩人每

天擠在像小箱子的車中，常常塞在車陣裡動彈不得，彩繪艷麗的三輪人力車，穿梭於車縫；窒息的街道旁，有人用繩索拖拉一群白羊與黑羊；夜間行程，遇到大象在我們車前大搖大擺過街；灰撲撲城市有一種沉淪感，多彩的孟加拉紗麗讓沉甸甸的世界有飄揚飛昇之姿！

每天趕到不同場所讀詩，至今難忘我的詩以孟加拉男聲詮釋的悸動！

【輯二‧伊斯坦堡時刻】

2016年10月15日實現飛到伊斯坦堡的美夢。

夜間，飛機從奇幻的天空降落冷颼颼的機場，面對遠方人間燈火，詩心悸動。期待有人在古都為我點亮，一盞詩的燈火。

身在橫跨歐亞的歷史名城，滿懷好奇心，沿石板路走入史書中的拜占庭、小說中細密畫的神秘世界，每個角落都能聽見叫拜樓召喚信眾禮拜，無處不在的清真寺，伊斯蘭教氣氛濃得化不開。

伊斯坦堡，曾貴為帝國首都，擁有輝煌歷史、滄桑古蹟，藍色清真寺、白月、大海、纜車、樹、王子島、戴面紗女子、土耳其邪惡之眼……，拼成我的伊斯坦堡圖像。

【輯三‧遇見奈姆】

為紀念阿爾巴尼亞偉大詩人奈姆‧弗拉謝里（Naim

Frashëri, 1846~1900）誕生150週年，於1996年開始舉辦以「奈姆日」（Ditët e Naimit）為名之國際詩歌節。2016年第20屆，為紀念奈姆・弗拉謝里誕生170週年，特別擴大舉行，首度遠邀台灣詩人參加，期程為2016年10月20日（奈姆・弗拉謝里忌日）至10月24日。

2016年奈姆・弗拉謝里文學獎，頒給台灣詩人李魁賢，我再度托他的福，陪他遠征巴爾幹半島。詩歌節行程含蓋馬其頓與科索沃兩國，主要活動場域在馬其頓的泰托沃與科索沃的普里茲倫。

依依難捨道別土耳其伊斯坦堡飛往馬其頓。自囚於飛機狹隘空間，穿梭雲間，心在神祕星空與人間溫暖燈海之間迷惘。

短暫詩歌節，貼著行程詩寫難忘的細節。伊斯坦堡與泰托沃山脈若非光禿，便是草木稀疏，樹葉常呈枯黃乾燥狀，與台灣山貌大不相同，帶來視覺震撼，成為詩的主角。演員為我用阿爾巴尼亞語朗讀詩、在能見度極低的濃霧山徑中奔馳的車中詩人唱民謠自娛、流連在科索沃文化歷史古城普里茲倫、面對阿爾巴尼亞普里茲倫聯盟所在地的感懷、在泰托沃穿街走巷尋找一面馬其頓小國旗……，全部化為詩的養分！

【輯四・遇到巴列霍】

很榮幸獲詩歌節同行的名詩人利玉芳為此輯寫序！

詩人李魁賢榮獲「特里爾塞金獎」，獲邀參加秘魯第18屆「柳葉黑野櫻、巴列霍及其土地2017」國際詩歌節，為提高台

灣能見度，他為台灣詩人力爭名額，終獲主辦單位同意。我三度托他的福，參加國外的國際詩歌節。

期程超過一周的詩歌節，逆向巴列霍人生足跡的行程，從利馬為起點，一路北上經過特魯希略、瓜達盧佩、奧圖斯科、瓦馬丘科，最終抵達巴列霍故鄉聖地亞哥德丘科。此輯對詩歌節行程有較完整詳盡記錄，詩從整理行李箱難以取捨內容物寫起，過境洛杉磯、機上看日出、利馬拼圖、特魯希略印象、瓜達盧佩與奧圖斯科遊行……；鮮美的仙人掌果、肥胖的女人樹楊柳、燃燒的火焰木、神秘岩山、像牧草的甘蔗、善良熱情的印地安小孩、天竺鼠之謎、壯麗的安地斯山脈，甚至高山症，我都細心珍藏詩囊，終以67首詩回饋朝聖巴列霍之旅。

每一趟旅程，都是不可取代的豐富之旅，從出發到結束；因捨不得結束，故以詩延伸航程。

CONTENTS

遇到巴列霍

孟加拉的天空

01.行程

—— 出席2016年卡塔克（Kathak）
國際詩人高峰會行前

行事曆排滿行程
一程風一程雲

意料中的行程
有插翅穿越現實邊界的想像
眼睛期待發現
祕邐

意外行程
飛越詩領空
穿過層雲
聽見詩心
悸動

沿行事曆
前進

遇到也一路前行的你
我的意外
會是你的意中嗎
我沿路撒下詩的種子
如路標為你引路
走入你心的行程
雙目是兩道門
酷寒中求神賜我
春天通行證

我活在一個
又一個行程中
行經高山低谷或曠野
尋求行程終極意義

2016.01.29

《笠》詩刊第312期　2016.04.15

02.曼谷機場

──出席2016年卡塔克（Kathak）國際詩人高峰會途中

在科幻機場
體驗魔幻劇場

陌生的
曼谷天空
夕陽以千變
萬變
演繹終極炫麗

陰影蝕日
圓臉的落日變化萬千
我看過夕陽千遍
萬遍
第一次在異國天空看到
台灣平溪天燈影像

三個台灣女詩人
挽留一個曼谷黃昏

最後
沒有居留權的夕陽
在女詩人相機各自留下
三張蒼白臉孔[1]

2016.02.06

《笠》詩刊第312期　2016.04.15

---

[1]　夕陽艷麗，但在相機裡卻蒼白。

03.朗讀詩歌1
——在賈罕吉爾納加大學[1]

佛陀

靜坐菩提樹下

頓悟

國際詩人

並坐校園菩提樹下

讀詩

瘦如旗桿的樹搖動

搖動

緩慢節拍

我朗讀聲乘風

渴望飄進你耳中

深入你心

---

[1] 賈罕吉爾納加大學（Jahangir Nagar University）在薩瓦爾（Savar），首都達卡西北方約24公里，大學自然環境優美，冬季時為西伯利亞候鳥寄棲地。

你渴望從我陌生語音
讀懂我的天空

你閱讀　我的心
我閱讀　你的臉

你麥色臉為我開出
粉紅蓮花
是我最美的詩
風景

2016.02.06

《笠》詩刊第312期　2016.04.15

04.朗讀詩歌2
——在孟加拉國家博物館

我用華語朗讀我的詩〈夜讀〉：

　　　無字的

　　　詩

　　　密密麻麻甜膩膩的你的

　　　名字

朗讀結束

心留下

下台瞬間

被詩人[1]叫住

他用孟加拉母語朗讀

我的詩一字一句

發出奇異的孟加拉語音

---

[1]　阿米紐喇曼（Aminur Rahman），此高峰會主辦者。

借男性磁性聲帶
演繹台灣女性的感性
我的歡喜與哀愁交響
在孟加拉語不眠的韻律

今夜
我想要把我名字
留在你的〈夜讀〉裡

2016.02.06

《笠》詩刊第312期　2016.04.15

05.達卡街景1

馬路不止是
骨董車　三輪車
稀有名車展場
更是庶民生活
展演的劇場

三輪車　人力車
在車輪夾縫間
在生活夾層中
賣力求生

頭頂器物食物
荷鋤　拿掃把　挑擔
男人或女人
生活的重量　頭顱知道
生活的質量　赤腳知道

有車不能動

有夢不能追

達卡街道

常擱淺

在塞車惡夢中

2016.02.06

《笠》詩刊第312期2016.04.15

06.達卡街景2

永遠分不清
道路幾線道

老車舊車當道
偶爾夾雜名車一二
經常
淪陷達卡街道

車困人疲心躁
街路形成一道昏灰風景
一個三明治裡發酵的酸黃瓜

不塞車時
車子生猛
駕駛及路人
都像特技演員

喇叭聲
聲聲不絕的車子搶奪道路
卻又保持短距不相撞擊

人在輪縫搶奪時間
擦身而過的車子
不斷切斷
切斷風景線

被台北街景麻痺的眼睛
在達卡找到流動人群
活化視覺神經

一個用繩索拖拉
一群白羊和黑羊的
孟加拉人
拉動整條達卡
昏沉的街景

達卡人服飾
教所有名牌失色
使下墜的達卡街景
飄逸起來

是
孟加拉永不退流行的
時尚風景
使我上癮

2016.02.06

《笠》詩刊第312期　2016.04.15

07.玫瑰與男孩
——在達卡大學校園

在達卡大學
群花綻放校園
男孩右牽小小孩
左握華麗玫瑰花束

羞澀男孩
尾隨遊客屁股來回游走
並未積極推銷花朵

玫瑰花束
應該開在情人心上
捧在新娘手上

最後玫瑰花束
仍舊盛開男孩手上
像手指頭的延伸
幾十朵花微笑

逗不出憂鬱男孩

一絲紅色笑容

2016.02.06

《笠》詩刊第312期　2016.04.15

2016.02.01，在孟加拉達卡大學校園，遇到賣
花的男孩。

08.達卡街景3

一般達卡市民
應該是在暗夜
夢見陽光

在達卡街道
我看到
一個達卡人
在陽光樹下
被陰影籠罩

在無私陽光
統治的這座大城
隔著一棵樹
盤踞一條狗
甜睡如一段朽木
分享冬天陽光的無私

我在朽木
雕塑一個東方古老故事
沉睡的人和沉睡的狗
在達卡喧囂街頭
示範鬧中取靜最高境界

我是達卡匆匆過客
我夢想
走入達卡人不朽美夢

2016.02.11

《笠》詩刊 第312期　　2016.04.15

09.達卡街景4

Ekushey全國書展

總理揭幕

官方動員軍警無數

夾道萬眾大都青年男子

慷慨手勢

激昂口號

沸騰整條書展入場大道

導遊詭祕回答

說是歡迎總理儀式

遊行常客的台灣團

左看右聽

聽到示威脈動

看到抗議波動

呼吸到亢奮躁動

入場前沿途戒備森嚴
即便受邀外賓
也得經過重重關卡

直到冗長文學獎頒獎結束
年輕男子依舊集結
一路燃燒青春

年輕女孩結隊遊行眼前
艷麗服飾飄揚
成為風中鮮明旗幟

眼睛的號外
讓我猛然發現
已出女總理的孟加拉
尚未走出
男女授受不親時代

2016.02.11

《笠》詩刊第312期　2016.04.15

10.祝福

達卡大學國際詩會偌大舞台
數十詩人排排坐
你擠出一個位子
含笑邀我並坐

我的破英文無法回答你
我名字涵意
你我瞬間變成藤類
各自賣力攀爬語言斷崖

兩位重量級詩人並肩走過
你我眼前
產生有感地震
兩支藤開出會心微笑

短暫交會
我亞熱帶耳朵

聽到
北歐火花送暖

春天已不遙遠
我在台灣
把祝福磨成明鏡
反射金陽給白色北國的你

2016.02.12

《笠》詩刊第312期　2016.04.15

11.月亮的心

你用歌聲
點燃
達卡月光

每當你用華語歌唱
「……我的心……」
我恍惚變身夜來香

塞車時
你用歌聲接駁我們
到達音符飛揚的天堂
不塞車時
你用歌聲載我們
飛越海洋和換日線

你華語我英語
恰好留下一個美麗
誤解的空間

即便如此
你仍賣力為我
和你慈父做橋梁

我們和你的
著名詩人父親
溫柔的父親
羅曼蒂克的父親
無所不知的父親
無所不談

我們擊掌歡慶
你瘋狂的父親
想把受贈花束
全帶回摩洛哥花瓶綻放
孟加拉花香

我們私自決定
讓你父當我們導遊
米蘭史卡拉歌劇院
是他心中不熄的月亮
福爾摩莎
也有一輪明月

請循著鋪好的銀色月光

隨我追尋

島嶼台灣

2016.02.12

《笠》詩刊第312期　2016.04.15

12.在達卡俱樂部摔跤

高跟鞋
不認識俱樂部
在階梯摔跤

夜間
眼睛失明
我在高跟鞋上摔一跤
撿到一堆關愛眼睛

孟加拉導遊問有沒有受傷
摩洛哥詩人說可以用妮維雅塗抹
台灣詩人說……

回到台北
結痂傷口
時不時地癢　　癢

癢了起來

像埋伏已久的

思念

2016.02.12

《笠》詩刊第312期　2016.04.15

13.薩瓦爾國家忠烈祠柳樹

忠烈祠旁河水緩緩流
河旁名人手植樹木
一棵接一棵

河中散居紅蓮朵朵
河畔站崗柳樹數棵
學搖滾樂手披頭亂髮

呼吸過多英雄氣息
柳樹個個長成
要人瞻仰的高個子

我眼睛
以為柳樹不屑開
或者開白花

這裡柳樹風中耍花樣
綻開熱血紅花

傲人的勳章

2016.02.12

《笠》詩刊第312期　2016.04.15

14.朗讀詩歌3
──2016.02.03在孟加拉學術院
朗讀〈保證〉

在孟加拉學術院
念詩
上台前
主持的詩人不吝讚賞我的詩〈冬2〉[1]

上台時
感覺自己
像被樹葉讓出整座山的
雪花

以往
我用我眼閱讀我的詩
現在
我用我口朗讀

---

[1]　為了歡迎雪／樹葉／讓出了／整座山

在反覆「保證」聲中
才發現這是一首適合朗讀的詩
我和我的詩
如同遺憾的親子關係

朗讀結束
變成一片輕輕的落葉
讓出舞台
擁護舞台

2016.02.12

《笠》詩刊第312期　2016.04.15

15.朗讀詩歌4

——2016.02.03詩人法查夏哈布汀（Fazal Shahabuddin）紀念會

最後一場朗讀
在詩人法查・夏哈布汀紀念會
我的聲帶
終於找到抒情
以為我的詩從此找到主人

直到詩人Jahidul Huq 上台
用歌唱般旋律
流暢肢體語言
照見我
臉上僵硬線條
怯於拋開紙本面對聽眾

自信
而溫柔微笑
Jahidul Huq在台上朗誦

聲音藏著舒伯特靈魂
離別前夕他聲聲呼喚

猶如空谷
回音
不斷
我聽到我的名在他口中蔓延
千里離愁

2016.02.15

《笠》詩刊第312期　2016.04.15

16.咳嗽

人都到達卡避寒了
住到身體裡的咳嗽
比影子長
比惡夢幽暗

達卡美好時光
當我優雅細品紅酒
咳嗽毫不客氣
從我雙唇奪走酒杯

當我在詩會朗讀
咳嗽不斷在我喉頭搔癢
我費一半力氣制止
一半精神安撫

當我在紅玫瑰臉上
聞到詩人迷人詩句

咳嗽張口
咳出一隻黑蝴蝶

夜深
人靜
我疲困
咳嗽卻還失眠哀號

達卡寬敞單人房
裝滿咳　咳
咳獸聲
我咳故我在

2016.02.16
《笠》詩刊第312期　2016.04.15

17.達卡的樹

三位台灣詩人
齊坐一棵大樹下
朗讀詩

一位說在榕樹下
一位說在大葉欖仁樹下
一位說在菩提樹下

也許
他既非榕樹
也非欖仁或菩提

也許
他既是榕樹
也是欖仁或是菩提

高舉麻雀的一棵樹
逢冬綠葉轉羞紅的樹

奉獻清涼凝結頓悟果實的樹

沒有一把斧頭
足以砍除
扎根在詩人心中的一棵樹

為了我眼中菩提
我已經在夢中
重返達卡無數次

綠色雲
以及樹下的我
不該是春天的一場幻覺

倘若你在賈罕吉爾納加大學校園
請你靠近那樹
替我重溫樹的心跳
並替我為他朗讀一首詩
或許他的名字就叫做
相思

2016.03.19

18.在孟加拉的天空下

在孟加拉的天空下
在達卡的暖陽裡
在紅堡¹的花香中

我臉上
始終為你掛著
永遠不必換妝的微笑

像天空一樣微笑
像暖陽一樣微笑
像紅花一樣微笑

想你時，我是這樣笑
夢你時，我是這樣笑
想到你想我時，我是這樣笑
夢到你夢我時，我是這樣笑

---

¹ 達卡的拉爾巴格堡（Lalbagh Fort）。

在思潮起伏中
在詩歌朗讀聲中
在如幻春日旅途中

2016.07.22

2016.02.04，在孟加拉達卡拉爾巴格堡（Lalbagh Fort）。

19.永久地址

我曾向廣大綠地詢問妳的地址！
我曾向白雪詢問妳的地址！
我曾向瀑布詢問妳的地址！
無人知道妳的地址！

——"Full Moon Night" by Aminur Rahman（孟加拉）

李魁賢翻譯

在流浪中
尋求一個永久地址

一縷花香
可有不變地址？
一滴河水
可有永久流域？
一片浮雲
可有永恆天空？

在無盡流浪後
一滴淚
滋潤腳下鄉土
終於找到永久地址

流浪的愛情
需不需要尋找一個永久地址？

2016.08.15

20.蒙娜麗莎的微笑

妳微笑嘴唇之光發射憂傷；

不知道為何憂。為何在妳眼中

塞滿從心靈脫離的感情？

　　　——"Mona Lisa" by Jahidul Huq（孟加拉）李魁賢翻譯

貼著羅浮宮牆壁

維持一貫優雅站姿

被人群圍觀

被用放大鏡微觀

被議論　被臨摹

依然不改舉世聞名的微笑

被護衛的微笑

微笑了幾百年

到底蒙娜麗莎的微笑

藏著甚麼不可告人的祕密

或許達文西已偷偷告訴你

誰教你看不懂密碼

我也會微笑
我平凡的微笑
我渴望被捍衛的微笑
缺乏神祕美感

我愛神祕勝過微笑
但神祕感常常是
在微笑的花朵中綻放

2016.08.15

遇到巴列霍

輯二

伊斯坦堡時刻

01.燈

史書中拜占庭[1]
小說裡[2]細密畫的世界
伊斯坦堡橫跨歐亞
歷經帝國興衰

飛機終於降落[3]
夢想早已率先抵達
夜寒
全身細胞都在顫抖

城中燈海閃爍
傳遞人間溫暖
燈火背後
一雙一雙看不見的點燈手

---

[1]　伊斯坦堡的最初名稱為「拜占庭」（希臘語：Βυζάντιον），約公元前660年墨伽拉殖民者建城時所取。
[2]　伊斯坦堡作家奧罕・帕慕克（Ferit Orhan Pamuk，2006年度諾貝爾文學獎得主，1952年6月7日－）小說《黑色之書》（Kara Kitap）。
[3]　伊斯坦堡阿塔圖克（Ataturk Airport）機場。

若有人為我
在古都點亮一盞燈
我將很難不愛上
這神祕的城

2016.10.15

02.山上的樹
——伊斯坦堡郊區

你是一棵
呆頭樹
聞風不動站在招風處
任風摘掉千葉
華美衣飾

你是一棵
太遲鈍或太敏感的樹
夏天尚未離去
你獨自先行換季
穿著搶眼
秋冬慶典黃紅禮服

你是一棵
傷心樹
夏天為我苦相思

秋天為我寫紅葉詩絞盡腦汁
初冬病成一棵枯骨

任季節流轉
我一身瘦骨不著華服
我是一棵
不輕易示人情緒的
孤獨樹

2016.10.17

《笠》詩刊319期2017.6月號

03.在伊斯坦堡尋海

從高坡遠望
大海甜睡如止水
群船如靜物
泊在水彩畫面

懷抱激起浪花的心願
循石板路往下
步向看似不遠的大海

斜坡密植彩色旅館
像初春野花盛開
清真寺稠如南台灣廟寺
海鷗高踞屋頂
冒充白石膏像

大海時隱時現
像始終擁抱不到的太陽
一道高牆攔路

我像被岸礁撞退的浪
終究沒有當成礁石

無法靠近的大海
瞬間變成礁石
在我心海
擊出浪花無數

2016.10.28
《笠》詩刊319期2017.6月號

04.在山路上

一片樹葉
是一個字
換季時
不知會不會變色

一行詩句
是一條
看不到盡頭的路
不知將把人帶往何處

一首詩
是一片神祕海洋
不知將掀起驚濤
還是變成陸地

車行伊斯坦堡郊區山腹
有一些些興奮
有一些些緊張

不知這越來越霧的彎曲山路

將把我帶往

哪一行詩

2016.10.28

《笠》詩刊319期2017.6月號p139

05.白月

一輪白色滿月
掛在微雲天幕
如圓形鐘面掉盡刻度
如年輪剖面圖褪盡紋路
你依然感受時間
一分一秒紋身

一輪白色滿月
掛在無常天際
如一面無愁無慮
光滑的臉
你與白月隔著一段
遙遠的
淒美距離

一輪白色滿月
掛在伊斯坦堡夜空
如一盞明燈

照著藍色清真寺[1]
也照著塔克辛廣場[2]
照亮歐洲人
也照亮亞洲人歸途[3]

2016.11.11

06.伊斯坦堡印象

沿石板路前進

從伊斯坦堡走進君士坦丁堡

走進拜占庭輝煌帝國舊時光

歐洲藍色清真寺是神聖鬧鐘

隔著博斯普魯斯海峽

亞洲的耳朵同時聽見

不同清真寺呼喚祈禱

聖索菲亞清真寺[1]展示

欲蓋彌彰的基督身影

白天路邊販售的

土耳其邪惡之眼

---

[1] 聖索菲亞大教堂（拉丁語：Sancta Sapientia），近一千五百年歷史，因政治情勢先後轉變成清真寺（西元1453年，鄂圖曼‧土耳其帝國征服當時的「君士坦丁堡」並更名為「伊斯坦堡」；也將當時稱為「君士坦丁一世大教堂」（Church of Justinian I）的它，改名為「聖索菲亞大清真寺」（Great Mosque of Ayasofya），直至土耳其共和國建立為止。）與博物館時期（土耳其共和國凱末爾總統在1934年召開的內閣會議中，將聖索菲亞「大清真寺」改名為「博物館」──象徵聖索菲亞不專屬於某一宗教，而是人類共同的文化遺產。）

夜間紛紛化成護城燈火閃爍
數百年歷史香料市場
依然為各國旅人飄香
流浪貓千姿百態遊走古城
土耳其甜點
甜似你霧中的臉

編織師傅在禪定中
十指綻放一朵朵花瓣
永不凋零
妳多麼樂意與他交換
迥異人生

福爾摩莎到伊斯坦堡
一條漫長現代詩路
等待詩人
腳步不絕

2016.11.25

《笠》詩刊319期2017.6月號p139

2016.10.16伊斯坦堡市場。

07.小耳朵

小耳朵伏貼屋頂
偷聽偷聽屋內
被蓋住的祕密
伊斯坦堡古城保留褪色的
80年代台灣時髦的風景
老骨董在新世紀
如裝置藝術新鮮有趣

電腦打開一扇門
迎人類走入虛擬世界
電腦形成一面牆
遮蔽旭日射金箭的真實風景
阻擋萬葉鼓掌的天籟美聲

小耳朵還沒重聽
已被台灣人掃進歷史

電腦時代資訊漫天飛舞

已無祕密

可供耳朵好奇偷聽

2016.11.28

08.纜車

老舊小纜車
龜速前進
風把冬霧紡成白紗層層
胯下站滿千萬杉木衛兵

海拔上升
氣溫下探
心懸在霧茫茫空中
地心離我越來越遠

登上峰頂
並未擁有千里目
頑霧不撒散
繼續占有千里萬里風景

冰點濃霧中
纜車下行
心理溫度逐步上升

地表緩緩貼近

杉樹林立原地
默默迎我
重返人間

2016.12.08

09.鬱金香

鬱金香花田盛開
猶如一條條彩色運河
流過阿姆斯特丹[1]春郊
有風車轉動的風景

來到鬱金香原鄉[2]
雙腳奔忙追尋花香
十月花少於清真寺
更少於地毯的花團

我目光如蝶
穿梭伊斯坦堡大街小巷
驚見那麼多蒙面紗黑衣女子
高雅神祕如黑色鬱金香
女子——與我擦肩
把芳香留給我

---

[1] 荷蘭首都。
[2] 土耳其。

我把思念的球根帶回台灣
栽種

2016.12.19

10.王子島

我遲到了
王子已不在島上等候我
他們是遭流放的
拜占庭和鄂圖曼王子

我早到了
夏天還在遠方趕路
這裡是避暑勝地

島上沒有王子
但有神似王子的馬車夫
島上不見汽車
但見隨時待命的馬車
野狗成群追逐馬車狂吠
表示歡迎或斥退

從山下到山上
樹木變成針葉林

從山上到山下
仙境變回凡間

我來得正是時候
我來
不為王子
不為看避暑人潮
我來
為聆聽島上千陣風
觀賞島上恬靜的美景
和沉思
日漸沉默的歷史

2016.12.27

《笠》詩刊319期2017.6月號

2016.10.18，在伊斯坦堡附近的王子島上，隱藏一間非看不可的小教堂。面積小，卻精緻，氣氛寧謐，讓我很想留下來！

11.伊斯坦堡時刻

I sit in a stone garden surrounded by

Sun-blanched statues and mute edged ivy……．

　　——"Istanbul Moments" by Agnes Meadows（Britain）

我坐在石頭公園裡

周圍是陽光耀眼的雕像和靜默強悍的常春藤

　　——李魁賢譯自英國阿格涅‧梅都思《伊斯坦堡時刻》

日夜交替中

恍惚聽見如真似幻

清真寺呼喚晨禱

朝聖伊斯坦堡

我時常忍不住

走進廣場和藍色清真寺對看

在十月寒風中

坐成噴泉前暫時的雕像

夜間清真寺拜樓如針的光雕

刺向古老夜空心臟
流下滿地銀色月光

伊斯坦堡更換好幾個
響噹噹的名字
歷史複雜像眼前藤蔓交錯
緊緊纏繞我的心
為瞭解我短暫居所
古城身世
石板路上我無盡散步

加拉塔橋下
自願上鉤的魚如我
對呼喚祈禱聲滿懷好奇
在神祕的世界裡
釣魚竿是一條敏感神經
魚鉤鉤起詩句
多過魚

2017.05.15

《笠》2017.10月號321期

2016.10.19，伊斯坦堡Topkapi Saraiy（托普卡匹皇宮）。

遇到巴列霍

輯三

遇見奈姆

01.未知

——飛向馬其頓（Macedonia）
途中

未知
遠方值不值得
我去擁抱

千萬顆星
魅惑我
人間燈火
卻是
我不可缺少的溫度

我自囚
飛機上
心在星光與燈海之間
迷航

2016.10.25

《笠》詩刊317期2017.2月號

02.霧
──馬其頓薩爾山脈
（Sharr Mountains）途中

山霧
遮斷我們亟欲窺探的
山的表情
樹的風情

這一切
將在霧散重現
但我們已經來不及看見
就算霧散盡
隨時間幻化的風景
也將改變我們心境

長久掩飾我的霧
使人以為霧就是我
我的全部風景

我深怕冬陽
將我習慣的迷霧蒸散

濃霧
使我安心
卻使一起坐車的詩人
擔心能見度

2016.10.26

《笠》詩刊317期2017.2月號

03.在馬其頓詩歌節朗讀
〈燭與影〉

我用華語朗讀〈燭與影〉
演員[1]用阿爾巴尼亞語再讀一遍
法國女詩人[2]說：
我聽到詩歌律動
妳應該很會跳舞

吉他輕輕
撥動心弦
我朗讀自己的詩
使字與字
段與段之間
多些留白
竟使情意流露更多

像導演自己所編寫的劇本

---

[1]　阿爾巴尼亞名演員Arsim Kaleci。
[2]　女詩人Nicole Barriere。

我朗讀自己的詩

我的聲音表情

或許對演員有影響

或許他堅持原本詮釋

在他獨特嗓音中

我看到燭與影糾纏共舞

比我自己朗讀更抒情

泰托沃[3]漫長冬夜

被一根有心蠟燭燒熱

燒短

2016.10.26

《笠》詩刊317期2017.2月號

---

[3] 泰托沃（Tetova），馬其頓共和國北部的一個城市，位於薩爾山脈（Sharr Mountains）南麓。

2016.10.20，第20屆馬其頓奈姆日國際詩歌節，開幕暨頒獎典禮在泰托沃市文化中心。在開幕式上朗讀〈燭與影〉。

04.虛擬與真實

你說你對我的詩
一見如故
隔一層霧我從你眼睛
讀到真誠

我問你
若不演戲最想做甚麼
思索半天你回答不出
我為你深感慶幸
建議你寫詩

你提議我倆交換身分
我怕我沒能力把虛擬演成真實
現實生活中我常把真實虛擬

濃霧將山[1]吞噬

---

[1]　在馬其頓薩爾山脈（Sharr Mountains）。

我們看不清

回去的路

2016.10.26

《笠》詩刊317期2017.2月號

2016.10.20，第20屆馬其頓奈姆日國際詩歌節，開
幕暨頒獎典禮在泰托沃市文化中心。得獎人台灣詩
人李魁賢致詞。

05.唱歌

車子開往普里什蒂納[1]
詩人在笑聲中一路歡唱
我在起伏旋律中
觀賞窗外山景

初冬樹葉多轉黃或紅
兩種暖色是禮物送給寒冬
我在科索沃山間
腦海不時浮現
台灣欒樹粉紅蒴果

歡樂歌聲驅散濃霧
我被點名唱一首台灣歌謠
我心慌
找不到一首能唱完整的民謠

---

[1]　普里什蒂納（Pristina），科索沃共和國首都。

最後我勉強唱了一段
哀怨的雨夜花

因為
是悲哀的台灣人
所以找不到快樂的歌聲嗎

2016.10.26

《笠》詩刊317期2017.2月號

06.跳舞
——在科索沃普里茲倫
（Prizren）

三人樂團歌唱民謠

引發圍觀與大合唱

歌聲穿過河面漣漪越過石橋

溫柔占領普里茲倫廣場

馬其頓詩人[1]聞樂起舞

各國詩人紛紛加入

手牽手各自調整腳步

融入阿爾巴尼亞

優雅土風舞

詩把天涯海角

陌生詩人團聚

音樂也是

---

[1]　塞普・艾默拉甫（Shaip Emerllahu）。

我用錄影機鎖住
奔放笑聲雀躍舞步

透過錄影帶看到廣場時鐘
時間凝固
在某一點
圍圈圈跳舞的詩人是音樂鐘
逆時針轉動

2016.10.27

《笠》詩刊317期2017.2月號

07.峰頂之樹

在科索沃山間[1]
我不與群樹搶占低處爭風
鳥在無個性的平庸樹林
挑選不到築巢枝

自岩山挺出
歷經嚴酷氣候試煉
我壯立巔峰獨占風雲
遠望是一株空中浮雕
傲視眾山群樹

我離你越遠
你就越想化成一陣風

---

[1]　什特爾普采山間。

飛來吻我

與我共舞

2016.10.26

《笠》詩刊317期2017.2月號

08.樹與葉
——在科索沃什特爾普采山間

文字是能量

寒顫時我緊緊擁抱他

文字會發光

黑暗中我深深擁抱他

文字是先知

困阨時我用力擁抱他

文字是勇士

軟弱時我死命擁抱他

我擁抱文字

像樹枝牢牢抓住樹葉

當文字變成

生命不可承受之重

我開始一片一片釋放葉子

靜待年輪再次喚醒另一季
新葉

2016.10.27

《笠》詩刊317期2017.2月號

09.將別離

將別離
流連泰托沃[1]大街小巷
河流擁抱流雲唱古調
樹葉變色取代凋謝的花

將別離
詩人尋找一面馬其頓小國旗
從書局問到市場
走到皮鞋掀底
馬其頓人把國旗掛在心裡

將別離
高跟鞋穿越寧靜街區
敲醒一家一家結婚禮服店
幻想在轉角遇到奇蹟
不須別離

---

[1] 泰托沃（Tetova）。

將別離

在斯科普里[2]機場

漫長候機時間

一再到周邊巡視

一花一草一葉一木

鎖進記憶的老倉庫

2016.10.27

《笠》詩刊317期2017.2月號

2016.10.23，在科索沃的阿爾巴尼亞普里茲倫聯盟所在地，與兩位馬其頓女詩人，左：馬其頓女詩人Dragana Evtiamova，中：馬其頓女詩人Olivera Docevska，右：台灣女詩人陳秀珍。

---

2 斯科普里（馬其頓語：Скопje，羅馬化：Skopje）是馬其頓共和國首都。

10.再會吧

再會吧
瀰漫薩爾山脈[1]的濃霧
濃霧中升起你
水亮眼睛

再會吧
在卡查尼克[2]合唱的民謠
民謠裡綻放
台灣雨夜花

再會吧
在普里茲倫[3]逆時針轉圈圈的舞蹈
舞蹈裡有我
為你虔誠禱告

---

[1] 薩爾山脈（Sharr Mountains）。
[2] 卡查尼克，位於科索沃南部。
[3] 普里茲倫（Prizren），位於科索沃南部的歷史古城。

再會吧
吉他伴奏的朗讀詩聲
雙聲朗讀中
有你對我詩意的詮釋

再會吧
在再會聲中學習
不要一再回頭

2016.11.05

《笠》詩刊317期2017.2月號

11.我在台北

午夜

打開臉書

看到一張一張

思念的臉

像打開天空

看到月亮或星星

距離似近實遠

心中秋意初起

我等待你的信息

像紅色楓葉

飄落

2016.11.05

《笠》詩刊317期2017.2月號

12.旗

塗染普里茲倫[1]山坡花瓣顏色

像一條紅色手絹

懸掛初冬黃昏

面對我

索求溫暖的眼睛

像一面風帆

航向我失眠的午夜

朝向我四面環海的心

靠近

清晨

一面旗

等待你的風

拂動

我始能辨識

---

[1] 普里茲倫（Prizren），位於科索沃南部的歷史古城。

旗在向我招手
或
揮別

2016.11.08

《笠》詩刊317期2017.2月號

13.在普里茲倫

穿越薩爾山脈濃霧
來到革命聖地普里茲倫聯盟現場

山頂堅實古堡
關不住春風
關不住阿爾巴尼亞獨立思潮

在自由的天空下
街頭藝人唱起阿爾巴尼亞民謠
各國詩人聞樂齊跳土風舞

我們在橋上合照
想要
站成普里茲倫永恆風景

我們齊聚四百歲老樹下
聽她為苦難民族泣血的歷史
我要寫下我們台灣的故事

山坡下

我忙著尋找野花

像尋找有緣相逢的人

這是一趟意外旅程

我不可能看到同一朵花兩次

詩歌節邁入尾聲

有詩人不得不在此和我們吻別

在心裡說再見

2016.11.30

《笠》詩刊317期2017.2月號

14.霧鎖住我的眼睛

霧鎖住我的眼睛
不讓我看山
不讓我看海

霧鎖住我的眼睛
教我遺忘天
教我遺忘地

霧鎖住我的眼睛
教我看不到我的腳
教我看不到我的手指

霧吞噬我的前景
抹消我走過的路
教我一心一意只看他

霧鎖死我的眼睛
死鎖我的心

我笑我哭單單只為他

地平線是他
海平面是他
天空是他
夢裡夢外只許有他

霧
來了又去
去了又來
我不知該愛他還是
恨他

2016.11.30

《笠》詩刊317期2017.2月號

2016.10.23美麗的山區。

【輯三・遇見奈姆】

輯四

遇到巴列霍

【輯序】行李箱裝著石頭、老鷹、天竺鼠和河流⋯⋯

／利玉芳

　　陳秀珍女詩人在秘魯安地斯山脈撿到一提袋的靈感，想把它們的物象——呈現為一首首有意思的詩，不但是旅行的經驗也是意志的作業。

　　陳秀珍果然在不到半年間就要出版新書《遇到巴列霍》，託我寫序，我雖猶豫了片刻卻又欣然答應，心中抱著一邊寫序一邊閱讀新作品，夢想共同在秘魯時光的旅行記憶。

　　2017年5月，台灣六位詩人前往秘魯參加詩歌節─特魯希略大學（1910年巴列霍進Trujillo大學讀哲學和文學）主辦的論文會議，有一獎項來自台灣李魁賢先生獲得─巴列霍詩集《特里爾塞》為名的金獎，榮幸有機會共同參加觀禮。

　　因這趟旅行我在場的緣故，認為閱讀陳秀珍的詩於我有跨越性的瞭解。她的作品就從〈行李〉出發，出國的考慮就是行李的輕重，或許轉機的方便性，詩人採取帶20吋的登機箱，也可以控制購物慾。機上所見的洛杉磯以及前往秘魯的飛機上看日出，都是詩人細膩的思考題材。

到了秘魯首都利馬，詩人有了更多的著墨，譬如寫五月利馬的寒雨，描述是印加的眼淚；打不開旅館的房門，像是閉鎖的心，感應不到磁卡；喝仙人掌果汁，想像針刺的心，盡被拔除；楊柳有如壯碩自信、不憂懼有如雷諾瓦幸福的女人、秘魯拉茶的神奇風味；甘蔗或牧草、幸運草……等等植物細微的經驗，又見詩語：逐漸脫掉灰燼的花苞，綻開成為一朵「火焰」，可見詩人天生隱藏著年輕的一把火。

　　看見秘魯人戴面具、穿傳統蓬蓬裙的隊伍，心裡卻看見台灣野台戲，可見詩人對童年的思慕。

　　搭公車上山到首都的制高點，環視岩山，詩人的內心為何頓時荒蕪呢？在利馬的午後等待黃昏降落，詩人對陌生城市的書寫也有獨見，譬如：〈利馬拼圖〉拼出利馬天際線、飛鳥、西班牙古建築、言語、拉美情歌、貓、廣場黃昏等廣闊視野的圖像；〈城市的臉〉也拼出：舊城區、新城區、貧民窟、高級住宅區等的圖像；地表上呈現傷疤臉的有之，貴族面貌的有之。

　　詩歌節的壓軸戲設在聖地亞哥德丘科的安地斯山脈，從利馬到第二大城——特魯希略再出發再往山爬升，交通工具是搭乘10個小時的夜車，漫漫長夜非常艱辛，但詩人一想到就要抵達——巴列霍戀愛過、祈禱過的土地，心裡早已昇起了朝陽，因為抱著對——巴列霍詩句的迷惑，坐夜車也失眠，前進中的旅行，路經一瓜達盧佩溫馨的小鎮，是巴列霍就讀的高級中學，「管樂隊中學生前導，吹出雄性喇叭，詩人拉開列

國旗幟，書生巴列霍始終憂鬱，骨感的瘦臉，陪伴我們深入小鎮」；「日出瞬間，閉上畏光的眼，我錯過太陽誕生，如同錯過巨星巴列霍」真相與幻象都有著墨！也是本輯【遇到巴列霍】精神的詮釋！

山城——聖地亞哥德丘科，巴列霍在這裡就讀小學，除了觀日出也是寫——巴列霍不可漏失的題材，陳秀珍在這塊詩的領域上有非常努力的表現。至於觀察秘魯女人、男人、印地安傳統服飾、婦女的黑髮辮、印地安帽……等等民風的題材也不鬆懈。

山環繞旅行而上，我們沿途環繞安地斯山脈，有岩山、沙漠、綿羊、野菊與灰石，隱藏許許多多平常人所看不見的生命，陳秀珍詩人卻感應到胎動、振動的翅膀，發現神祕，說要把詩獻給陌生的自己！

車子行在蜿蜒的山徑，台灣女詩人被點名唱歌，合唱〈雨夜花〉名曲，作者對台灣長期風風雨雨、曲折的歷史，在這首歌的意象中得到釋放！一首〈台灣在哪裡？〉也針對孩子們的提問寫出定位的台灣。

其實進入——聖地亞哥德丘科山區，我們都是以逆行的方向前進，陳秀珍的詩作說是逆行巴列霍人生足跡也對，從巴列霍就讀的大學到中學到更深山的小學，有如時光回溯。

安地斯山脈除了羊群還有「高山症」，在海拔三千公尺的瓦馬丘科中學與詩人並坐台上，面對滿臉堆笑，賣力迎賓表演的學生，感動中頭顱好像被高山壓痛了，使人不適應，雖然

事先在途中買了古柯葉、嚼了古柯葉，但是對抗高山症非常有限，身體異質的反應還是發生了！離開瓦馬丘科後詩人說卻愛上瓦馬丘科，也許聽見了山谷中巴列霍青春的吶喊吧！

　　海拔4800公尺安地斯山脈，羊駝嚼食高山棘刺，沒有表情的羊駝，一再反芻悠閒，還是祖先的苦難？作品充滿了祕魯人民的想像。

　　終於下了山，可以寫一首給〈親愛的巴列霍〉的詩！喻他為「高貴的窮人巴列霍，為國為民憤怒的巴列霍，利馬的巴列霍，馬德里的巴列霍，巴黎的巴列霍，世界的巴列霍」，展開寬廣的視野與巴列霍受苦的心聲對話！

　　詩作〈親愛的巴列霍〉、〈遊行在安地斯山區〉、〈獻詩〉、〈逆行巴列霍足跡〉等詩作發表於國際以及美國楊百翰大學（Brigham Young University）（李魁賢譯）。

　　這首〈聖地亞哥德丘科最後一夜〉其中有一句出自李魁賢詩人的名言：有些人因為發瘋才寫詩；有些人是寫詩寫到發瘋……陳秀珍疑問詩人不提筆的時候不知道要做甚麼？

　　這一趟祕魯行，詩情滿溢她的行囊，行李箱裝著石頭、老鷹、天竺鼠、燈籠果、咖啡杯、星星、藍圖和河流……，回到台灣把它們傾倒出來，整理成這本詩集，不但是陳秀珍個人創作上的收穫，也是讀者在視野及心靈上的獲獵，合掌低頭為她祈禱！

01.行李

春天圓裙

冬天厚外套

秋天詩篇

夏季行程表

·················

差點忘掉的護照

天天反反覆覆

折疊

難妥協的慾望

日子一天天被摺短

減肥兩房三廳

成為一口貼身小行李箱

最終偷渡

一點點對你的懸念

飛蛾撲火
向秘魯

2017.07.03

02.過境洛杉磯

色塊拼貼地表
最新版最大張地圖
像一幅馬賽克抽象畫
看似和平寧靜
烽火燒過強權割裂過

鐵翼臣服地心引力
穿過層雲緩緩垂降
地面灰色線條流動如蟻
蛻變成五彩玩具車潮

第一次踏上美國領土
心跳加速
深吸一口跨國自由空氣
吸到你筆尖
開出香檳玫瑰詩句

陽光刷亮旅人

東方臉蛋

洛杉磯五月天氣

像蜂蜜

2017.06.02

03.再會吧，洛杉磯！

機場孵化
離人重逢夢
有人把臉埋入不忍飲盡
美式咖啡
香

夕陽為機場打上一片金光
照亮旅人方向
短暫過境來不及為誰
留下一行詩
流下兩行淚

飲盡水杯最後一片波光
轉身化為候鳥
留給美國
一個瀟灑騰空背影
再會吧　洛杉磯

遇到巴列霍

再會吧　漸行漸遠
　　　　美國夢

2017.06.02

《笠》詩刊321期2017.10月

04.機上迎日出

孤星與冷月

遙見彼此孤單

無法走向對方

一起發光

時間逐漸稀釋

星月金黃光芒

偌大夜空

懷孕一顆金蛋

我全神貫注難產的孕婦

用念力助產

終於蛋頭躍出雲浪金光閃閃

照亮

飛向秘魯旅途

2017.06.02

05.利馬第一印象

一出機場
天空就不給好臉色
一出車門
就被寒雨偷襲

以為利馬像台北
落雨屬常態
原來利馬只在五月
偶爾流下印加的眼淚

印加眼淚
輕輕拍打我臉頰
把我溶進利馬初冬
灰濛濛世界

利馬天空留給我
錯誤
愛哭的第一印象

其實
整座利馬城一年淚水
比不過一個碎心女

第二天
我用從台北帶來的雨傘
反抗
印加太陽

2017.07.13
《笠》詩刊320期2017年8月號

06.開門

對號插卡
一試再試三試打不開
房門
像閉鎖之心拒絕感應
愛的磁性

好想一腳踹開房門
忽聞有人輕喚：芝麻
門
想都不想
笑開

2017.06.02

07.兵器廣場

走進總統府外
兵器廣場[1]
突然想對噴泉投幣許願：
亂世從此和平

華麗隊伍
傳統蓬蓬裙混搭蝙蝠俠面具
遊行廣場
鼓樂聲聲鼓吹
詩人即興跳舞

人群層層圍觀
重現舊時台灣
野台戲風光
台灣小孩
秘魯小孩

---

[1] 兵器廣場（Plaza de Armas），又稱主廣場、中央廣場。

騎在父親強壯肩膀

看見塵世熱鬧

看不見

人事紛擾

2017.06.02

2017.05.21，秘魯首都利馬，總統府前兵器廣場。

08.利馬黃昏

在利馬制高點[1]
遊客耳朵
被一台老收音機主宰
男聲獨唱無休止符拉美情歌
反覆催眠
一樹花　紅了
一樹花　黃了

我綻開兩片
掌形楓葉
定根成為一株啞巴樹
搖晃
搖晃
在有聽沒有懂的
西語聲波

---

[1] Cerro San Cristobal，從利馬經由狹窄的公路陡坡蜿蜒而上的山上。

黃昏
隨花瓣輕輕飄落
被驟起的風陣陣捲走
留下滿山夜色
寂寞

2017.06.02

09.利馬拼圖

利馬天際線
不遠離地面
讓天空大片大片展現
讓一隻風箏擁有萬里領空

利馬候鳥
低空掠過
一棟一棟
庭院深深西班牙老建築

利馬美女
口紅鉤畫豐唇
月色刷成金黃眼影
高跟鞋撐住美的高度
拉美情歌長到像
逛不完的街

利馬情侶相擁成為羅丹
吻的雕像
東一座西一座
落在廣場階梯高高低低

東方女子在利馬
遺失情人贈送的紅圍巾
雙手環抱自己
睜一眼閉一眼如風飄過
還在擺pose的情侶身旁

2017.06.02

《笠》詩刊321期2017.10月

10.城市的臉

舊城區　古典臉

新城區　時尚臉

貧民窟　鐵鏽臉

豪門區　鑲鑽臉

城市的山

傷疤臉

怪手挖掘挖掘

山的眼山的口山的心

物慾的　饑渴的

天使的　撒旦的

玫瑰的　枯葉的　臉

陰晴難測的天空下

我走進一座一座城

遇見一張一張

陌生到熟悉
熟悉轉陌生的臉

一張臉
被不同城市輪流典藏
走在城市不同街區
一張臉幻化
許許多多不同的臉
我在城內找尋
我的臉

一座城市
讀不完的臉
書

2017.07.11
《笠》詩刊321期2017.10月

11.購物慾

慾望猛獸
嗅到利馬
遍地獵物

馴獸師
左手拋舊物
右手攬新貨
城中到山間
山間到海邊
追逐
追逐

遮蔽物慾之眼
心卡在無盡精品間
馴獸師被慾望之獸
殺到

一毛不留

2017.07.06

《笠》詩刊321期2017.10月

12.幻想

品嘗仙人掌果
心上根根尖刺瞬間消逝
仙人掌果食用過量
聽說會產出無邊幻想

小缸的金魚游來游去
到處碰壁
碰出滿腦子幻想
幻想幻想
長出老鷹強壯翅膀

苦難成為養料
養大幻想
小金魚開始吐出
詩的
泡泡。。。。。。。

2017.07.07

13.楊柳

利馬楊柳散髮
寒雨中列隊抗議
空氣汙染街頭暗灰
風吹不搖擺
雨打不憂懼
壯碩自信幸福
如雷諾瓦的女人[1]

台灣楊柳纖瘦
風中愁慮雨中顫慄
偏愛佇立岸邊照水鏡
打撈昨日雲影
弱女子形象暴露無遺

男人
你喜歡哪種個性的楊柳？

---

[1] 雷諾瓦畫中女人，體態豐滿、幸福洋溢。

女人
妳欣賞哪種選擇的男人？

2017.07.08

《笠》詩刊321期2017.10月

14.火焰木

陰雲集結

佔領飛禽領空

天空抑鬱

向我懇求一朵火熱笑容

我脫掉

一層一層一層害羞

終於綻開

成為一朵火焰

燃燒

在初冬微雨中

要把寒冬

燒盡

2017.06.02

《笠》詩刊321期2017.10月

15.一排火焰木

一排火焰木
延燒
半天火燒雲

一群黑鳥
自烈焰墜地
化為灰燼
哀鳴！

2017.07.07

《笠》詩刊321期2017.10月

16.夜車

車票化成郵票
人被車廂密封
被暗夜快遞
到一個陌生地址

在巴列霍熱戀過
祈禱過的印加土地
自我催眠失效
清醒等待
朝陽甦醒

夜
一隻黑蜘蛛
吐思想的絲
我被困
在巴列霍超現實詩

字句編織密網
巴列霍時常托腮思考
巨蜘蛛隱形的眼睛
以及
許許多多隻的腳

2017.06.02

《笠》詩刊320期2017年8月號

17.我在……

我在利馬
利馬在太平洋岸
我並未看見千濤拍岸
餐桌不見海魚
浪花在我心海盛開

我在特魯希略
特魯希略在莫切河畔
我並未聽見流水歡唱
餐盤未飄魚香
河流蜿蜒進我夢裡潺潺

駐留時間
若能像地平線延展
像連續劇拉長
銜接海港與河岸
我想要與你乘船

向詩的流域
出航

　　　　　　　　　　　　　　　　2017.07.01
　　　　　　　　　　　　《笠》詩刊321期2017.10月

18.瓜達盧佩

越過沙漠

瓜達盧佩百花搖曳

成一面彩旗

中學生管樂隊前導

吹出雄性喇叭聲

詩人拉開面面俱到

獨缺台灣的列國旗幟

書生巴列霍

始終托住憂鬱骨感的臉

陪詩人遊進小鎮中心

陽光親吻萬物

印地安帽下

鎮民五官安詳

共享歡樂嘉年華會

瓜達盧佩不需時鐘與鬧鐘交響

小鎮長年不變

如鎮民身上印地安傳統服飾

2017.07.08

《笠》詩刊321期2017.10月

19.岩山

百里晴空　未見一隻飛鳥

一路岩山　未見一棵草木

岩山如古墳

靠近一點看

山體生長若干小仙人掌

非沙漠區

巨大仙人掌伸出魔掌

刺殺壽陽

黃昏時刻

暮色塗染岩山

一層神祕紫藍

詩人[1]告知

沙漠隱藏許許多多

我看不見的生命體──

---

[1]　詩人李魁賢。

岩山孕藏胎動
空中有翅拍擊

靠近一點
再靠近一點
看看不語的岩山
要把隱蔽的甚麼
獻給異鄉人的我

2017.06.02

《笠》詩刊320期2017年8月號

20.沙漠之花

不事生產的荒漠
天空擰不出半滴水
沙地擠不出半枝草

乾旱百千年
意外豪雨
灰色沙漠一夕換穿
炫目繡花裝

原來阿他加馬沙漠[1]花籽
記得千年誓約
在長長的深度昏睡中
被雨的鼓點敲醒

太陽[2]不曾死心

---

[1]　智利北部阿他加馬沙漠（Atacama Desert）是全世界最乾燥地區，卻在一場大雨後開出一片美麗的花海。

[2]　印加人崇拜太陽，印加國王自稱太陽之子，「印加」的意思就是「太陽的子孫」。秘魯是印加文明的發源地，今天的秘魯是印加的一部分。

【輯四‧遇到巴列霍】

沙漠之花何時重生

在秘魯天空下？

乾旱的我

願為眼前乾旱沙漠

奉獻

幾滴淚水

2017.07.14

《笠》詩刊320期2017年8月號

21.羊群與灰石

遠看群羊埋頭吃草
近觀是灰石
擱淺
在安地斯的山浪草波

遠看像化石
近觀變馴羊
低頭啃咬
安地斯山鮮嫩綠毛
啞默的山
應有說不出的
癢

有時石頭埋伏在羊群
有時羊群混跡在石堆
淆亂相機的認知

野菊睜大的黑眼珠[1]
是否也
屢遭石頭欺騙
被綿羊一再催眠？

2017.06.02

《笠》詩刊321期2017.10月

---

[1]　野菊黑色的花心像黑眼珠。

22.雨夜花

車行安地斯山徑
台灣詩人被點名唱歌
三張紅唇合開一朵雨夜花
台灣正在梅雨
雨夜花　開不停

車行科索沃[1]起伏山徑
我被點名唱民謠
我唱雨夜花
台灣長期風風雨雨
雨夜花　落不停

歷史曲折如山徑
我把雨夜　花的無奈
努力開成　花的堅強

---

[1]　2016年10月參加馬其頓第20屆奈姆日國際詩歌節（Festival "Ditët e Naimit" 2016），活動場域跨越至科索沃。

雨夜
花
即使被風雨吹打落地
傷痛枝椏仍會用力
從體內擠出新瓣對抗
不息的　雨
無盡的　夜

2017.06.16

《笠》詩刊320期2017年8月號

23.兩隻老虎

被點名唱歌
三位台灣女詩人
合力唱出老虎氣勢

〈兩隻老虎〉
把全車詩人變成合唱團
老虎奔跑
在五線譜
忽高忽低安地斯山路

只有我
沒有耳朵
只有嘴巴的怪獸
尖牙越磨越利
高山症發作
饑餓饑餓

張開血口我想要吞掉
兩隻老虎

2017.06.16

24.前往奧圖斯科（Otuzco）
   遊行

穿越高峰低谷

雲在天際緩緩遷徙

長期遠離大自然

詩人學習野生動物

在安地斯山灌溉施肥野草岩石

回歸自然卻顯得很不自然

羞於被天空看見

天空比你更常慷慨澆水

野菊、水域、礦區、農夫

原住民叫賣白玉米……

車窗不斷切換新鮮風景

更有繁花一路織錦送行

高高瘦瘦的樹處處插旗宣示主權

即使荒涼岩山綿延層疊

相機看不膩

我是層山吞吐的風景

印地安人穿戴濃豔

與野菊綿羊不時拋棄我

過度貪婪的眼睛

2017.07.13

2017.05.26，遊行在巴列霍故鄉——秘魯聖
地亞哥德丘科。

25.遊行在奧圖斯科
（Otuzco）

和另一位詩人迷途
在語言失效的異邦
踏查一條一條街巷與店面
搜索遊行同伴

兩朵雲結伴
盲目小遊行
雷鳴與閃電也驅不散
一朵大玫瑰迎面送來驚喜
抵銷不掉被塵世拋棄的驚懼
風向把雲吹回原來的天空

詩意遊行無數
最常思念
那場
不在場遊行

*安地斯山脈小鎮奧圖斯科Otuzco。

2017.07.13

26.高山症

安地斯山途中瓦馬丘科[1]

印地安師生堆笑滿臉

賣力迎賓用傳統歌舞

服飾七彩如取自山中野花汁

不知何時

詩人頭顱被壓痛

黃面孔刷成慘白

海拔拔高

步步靠近巴列霍原鄉

詩人心跳加速

是高山症還是緊張亢奮？

面對文學巔峰詩人

也會有仰慕或嫉妒的高山症狀嗎？

---

[1]　瓦馬丘科是秘魯西部的城市，始建於1551年，海拔高度3,169米，主要經濟活動是農業；是巴列霍就讀聖尼可拉斯中學（Colegio Nacional San Nicolás）的所在地。

親愛的巴列霍

我像一片雲

從東方飄向你

聳立在印加天空的文學高峰

我對你只有滿懷崇敬

沒有絲毫嫉妒

2017.07.03

27.對抗高山症
——在瓦馬丘科

頭重腳輕
像被拋到外星球
空氣稀薄
身體像沒灌飽的氣球

高山上
古柯葉遠比紅玫瑰重要
睡覺遠比熬夜看星星眨眼睛重要
吞食滿腹不習慣的異國料理
遠比減肥重要
切記不洗澡不奔跑

猛嚼古柯葉
猛灌古柯茶
不敢興奮不敢暴怒[1]

---

[1] 傳說中預防高山症的方法。

在安地斯山上
千方百計對抗高山症[2]
回到台北盆地
開始思念

2017.07.03

28.變色龍
──瓦馬丘科黃昏

白晝與黑夜之間
黃昏
是一條變色龍
被惡夜追殺
因驚恐不斷變色

在光明與黑暗之間
在名利與名譽之間
總會有人變成變色龍
最終被名利收編

就算被時間狠狠追趕
也不向黑暗靠攏
有人堅持一生
不做變色龍

2017.07.03

29.離開瓦馬丘科

來不及做完一場

和晚霞比美的短夢

告別一夜之情瓦馬丘科

我無緣試膽的吊橋

是否搖晃過

巴列霍的童年

我一再回顧的幽谷

是否迴響過巴列霍

青春的吶喊

親愛的巴列霍

在我人生旅途

我因你

遠從地球另一端來尋訪

你人生的起點

命中注定你不認識我

對於你深山中的故鄉

你或許又愛又想離開

昨夜迷失
在沒有群星指路的
石板路巷弄迷宮
倘若迷失時光延續
接軌一條反向道路
命運將如何
改畫我人生地圖？

人生的意外轉折
或許驚喜
或許驚懼

2017.07.03

30.親愛的巴列霍

托腮
沈思的詩人巴列霍
戴荊冠
高貴的窮人巴列霍
為國為民
憤怒的巴列霍

利馬的巴列霍
馬德里的巴列霍
巴黎的巴列霍
世界的巴列霍

親愛的巴列霍
每當我端起一杯咖啡
就聽到你說：
如果我沒出生

另一位窮人就可以喝這杯咖啡[1]

若你眼降豪雨

我心必定氾濫

我從遙遠的台灣走進秘魯

走向你

深深悲傷的陡峭皺紋內[2]

你曾傾聽秘魯

西班牙呻吟

我暫止呼吸要聽見

你內心

受苦的聲音

2017.07.03

《笠》320期2017年8月號

---

[1] 巴列霍詩句：「如果我沒出生，另一位窮人就可以喝這杯咖啡！」（李魁賢譯
【歐洲經典詩選13】《曼傑利斯塔姆／巴列霍》〈我們日常的麵包〉page35）
[2] 巴列霍詩句：「把你吸飲一點點／在我深深悲傷的陡峭皺紋內。」（李魁賢譯
【歐洲經典詩選13】《曼傑利斯塔姆／巴列霍》〈殘渣〉page29）

2017.05.27，詩人聚在巴列霍的衣冠塚前朗詩致敬。秘魯聖地亞哥德丘科。

31.藥茶

畏寒
降低對陌生熱食戒心
在安地斯山與詩人
圍觀攤商巧手炫技
花蜜、藥草、不知名配方
調成一杯
咖啡色神祕

一口一口飲下濃濃稠稠
85度C溫暖
想像頭重症狀
正乘白煙縷縷飄散
熱飲甜蜜
替代台灣珍珠奶茶
撫慰台灣詩人胃
高山症狀瞬時神奇紓解

2017.07.03

32.遊行在安地斯山脈

從利馬北上
一路回溯巴列霍人生

蜿蜒爬坡路
悠揚異國旋律
柔美女聲
在留聲機反覆不斷
如流連高地美景
不忍斷然別離的腳步

隊伍是一條望不見頭部的巨蜈蚣
遊行在聖地亞哥德丘科
管樂迴響山中
傳統服飾的孩子
在安地斯山脈中
踩踏
迷人舞步

這是敬仰巴列霍的方式

我一邊循著巴列霍足跡

一邊欣賞巴列霍熟悉的山景

心中堆滿巴列霍

沒有笑容的陰影

親愛的，巴列霍

當你看到失去笑容的人民

你頭痛加劇

你憤怒加劇

百年後

我們以笑容以歡樂嘉年華會

紀念你

*2017發表於美國楊百翰大學（Brigham Young University）。

2017.07.06

33.兩地甘蔗

像綁在台灣歷史上
結婚禮車的甘蔗
平地到山坡
萬千支綠色旗幟
沿路搖晃
我的鄉愁

遊行隊伍踢躂跳舞
少年手持紫莖向天空揮舞
口渴時送入口嚼食
孩子送我一截
我啃出滿口蜜汁

反芻甘蔗
甜中帶鹹
我從未忘記父親
彎腰低頭

把一截一截肥甘蔗
埋進大肚山腹

台灣的父親秘魯的父親
都用鹹汗灌溉甘蔗
台灣的母親秘魯的母親
都用甜甜蔗汁
灌溉流汗的孩子

2017.07.06

34. 日出安地斯山

詩人奔跑

腳步敲醒山城[1]地表

在酷寒冷清街道

逢人就問

巴列霍的小學在哪裡？

巴列霍的小學在哪裡[2]？

求學之道崎嶇

仙人掌龍舌蘭平房清潔工

風景原始應如百年前巴列霍親見

微光中雞鳴催促

加緊腳步穿過山徑起伏

玉米田豎起千把劍葉迎風顫抖

招喚旭日送暖

朝雲鍍金

---

[1] 巴列霍故鄉秘魯聖地亞哥德丘科。

[2] 巴列霍的小學是觀日出勝地。

指點日出方向

趨光性台灣詩人

六雙眼睛一齊注目東方

安地斯山稜線鑲金邊

龍形出現

日出瞬間

我卻閉上畏光的眼

錯過太陽誕生

如同錯過巨星巴列霍

2017.06.20

35.獻詩
——在巴列霍墓園

一條爬坡的街道
看盡日出
　　日落

詩人如雲
集結
午後聖地亞哥德丘科
街道盡頭山坡

天空用激動的淚水
清洗
壁癌般灰雲

淚水滋潤
巴列霍故鄉鄉土
金黃野菊輝映
復活的天空

塗上藍釉

詩人離去
留下野花豔紅
繼續看守墓園
風中不斷反芻詩句

陰雲再度佔領天空
風
捲起巴列霍聲音：
歌唱吧，雨啊，
在這仍然無海的岸上！[1]

2017.06.02
《笠》詩刊320期2017年8月號
英譯〈Dedication ／獻詩〉發表於美國楊百翰大學
（Brigham Young University）。

---

[1] 巴列霍《特里爾塞》77. 詩句：「……歌唱吧，雨啊，／在這仍然無海的岸上！」。（李魁賢譯【歐洲經典詩選13】《曼傑利斯塔姆／巴列霍》page55）

36.安地斯山小孩

在台灣
大人灌輸小孩
嚴防陌生人
像小白兔逃離獵人

印地安小孩
環抱完全陌生的我們
問我們從哪裡來
要求我們不要離開
一本一本筆記本
一張一張小紙片
紛紛遞到眼前
我在上面虔誠簽上
他們看不懂的
台灣和自己的名字

沒有手機的小孩
雙手用來握手擁抱與創造

無網路可逃

雙腳穿越山野追蹤天竺鼠

用傳統舞蹈凝結住民情感

被擁抱長大的小孩

緊抱我們

如花瓣圍繞花心

花瓣與花心

一同散發愛的香氣

2017.06.02

37.得與失

眼鏡帽子耳環名片……
女詩人一路遺失
我懷疑是有意
像古代女子掉手帕
丟東西成為人生旅途
最難丟失的
記憶

詩人沿路揀拾
落葉、小石、回憶……
發現有些事有些物
熱淚清洗不掉
漫長時間埋葬不了
仙丹治不好心痛
要不要撿拾舊事舊物
再次珍藏？
或許已過賞味期
或許已經走味

或許曾遭他人捨棄

……………

患得患失

難以盤點人生

得或失

2017.06.15

38.安地斯山冬夜

山中夜色
如沖泡過濃的冰咖啡
淺嚐即失眠

無提供飲用水的旅館
無24小時補水連鎖店

沙漠仙人掌自救
成為一座一座儲水廠

乾渴
口舌不知向誰求救
冬夜
安地斯山欲雪
眾神昏睡

2017.07.07

2017.05.25，秘魯瓦馬丘科，安地斯山黃昏美景無限。

39.幸運草

三葉草多長一葉
長出幸福命運

詩人花園
在聶魯達愛戀的黑島
浪濤節拍中
栽出人見人愛幸運草
詩人慷慨移植幸運
到我詩花園

幸運草從此埋首泛黃詩集
閱讀不朽金句
翻尋生命奧祕
翻轉終將腐敗的宿命
成為不凋零一葉奇詩
訴說命運幸運轉折

在避難所裡創造

低調的幸福

2017.06.22

40.台灣在哪裡？

臉是紅咚咚的小太陽
在酷寒安地斯山脈
秘魯小孩

聽到我們來自遠方
都興奮搶問
台灣在哪裡？
台灣在哪裡？

不同殖民者
來了又去
去了又來
已走出殖民陰影的秘魯人
應能體會
台灣人的悲哀

台灣在太平洋裡
像一尾魚

野心家把她看成肥美獵物

用一千多發飛彈對準她

每一次小孩提問

都讓我開眼

重新看見台灣

台灣忽然變得又遠又近

台灣遠在地球另一邊

台灣近在我心

不論我走得多遙遠

台灣

是我必須回歸的家園

2017.06.26

《The Sound of Snow雪的聲音》英漢雙語詩合集

"El sonido de la nieve"（雪的聲音西語版合集）

41.秘魯時光

從台灣飛進秘魯
智慧手機自動顯示
兩地鐘面

在老鷹之歌的原鄉
寒空星光閃爍
太陽在地球另一面發燙

利馬凌晨寒雨
我悄悄滑進臉書
眼睛貪食
台北夜市燒酒雞

台北暗夜
我正在利馬總統府觀賞閱兵
在特魯希略大學巴列霍研討會
在瓜達盧佩遊街
在高地追溯巴列霍足跡

我在冰冷睡床

數

一隻綿羊兩隻綿羊

三隻綿羊……

直到群羊沈睡

我生理時鐘還停留在台北時間

清醒著

夢想酣睡

2017.07.04

42.聖地亞哥德丘科最後一夜

詩人在聖地亞哥德丘科
接受一紙詩會出席證書
巴列霍故鄉籠罩離愁
隨夜色轉濃稠

發瘋才寫詩
和寫詩寫到發瘋的人[1]
不寫詩時
做什麼？

鐘敲九下
夜行性動物詩人集體亢奮
扛旗唱歌遊街呼喊
不勞街燈
兩盞眼睛已照亮彼此
心事隱藏不住

---

[1] 詩人李魁賢說：有些人因為發瘋才寫詩；有些人是寫詩寫到發瘋……

詩人穿街走巷
紅酒入寒腸
街口即興舞蹈
哼唱各國民謠

街短、遊興長、離情更長
啊，最後一夜
詩人佔領整條老街
巴列霍的聖地亞哥德丘科
全鎮失眠！

2017.07.03

2017.05.27，在巴列霍故鄉（秘魯聖地亞哥德丘科）最後一夜，詩人扛旗遊行。

43.在特魯希略

西班牙人穿越遠洋風浪

在中南美留下經典建築無數

驚艷台灣詩人

中南美土風舞

滲入西班牙鬥牛熱血

西班牙海鮮燉飯

留在中南美餐桌

吸引一代一代觀光客

後大航海時代

台灣詩人追循巴列霍

漫步在特魯希略[1]黃昏街頭

西班牙風陣陣吹送

殖民者留下

向上帝祈禱的教堂

---

[1] 秘魯大城市Trujillo，1910年巴列霍進Trujillo大學讀哲學和文學。

向神父告解的西班牙語
神聖教堂
黃燈點亮天主莊嚴聖像
橘燈照暖我晦暗心房
後殖民時代
虔誠的秘魯人哪
請合掌
為台灣前途祈禱

2017.06.24

44.逆向巴列霍足跡

從繁華首都利馬
到寧靜高地安地斯山脈
從大學走回中學
回歸故鄉聖地亞哥德丘科
我逆行巴列霍人生足跡

如果人生可以逆行
巴列霍童稚的哥哥
能從藏身的墓穴溜出
繼續玩未完的捉迷藏

如果人生可以逆行
巴列霍想必還會憤世
用向神借來的一身筋骨
嘗盡沒完沒了的生命之苦
以及牢獄之災流亡之難

啊

憤怒把巴列霍靈魂

搗碎成很多肉體[1]

他的詩是他的傷疤與陰影

像女人的妊娠紋

誰都走在自己的路

誰都無法改變他人道路

雖然我想

停在巴列霍的終點

替頭戴荊冠的他

寫出他未完稿的人生詩篇

2017.06.30

《笠》320期2017年8月號

---

[1]　「憤怒把靈魂搗碎成很多肉體」出於巴列霍的詩〈憤怒把一個男人搗碎成很多
　　男孩〉。

45.羊駝

鄉村到荒野
平地到高山
雙眼急於搜尋
未發現半隻羊駝

西班牙人進占印加
羊駝和印第安人比賽消亡
時速45公里羊駝的腳
逃不過死神意志
倖存的羊駝最終落腳
不適人居高原[1]

海拔4800公尺安地斯山
寒風刺骨空氣稀薄
陽光輻射強烈
羊駝無可選擇地

---

[1]　阿爾蒂普拉諾高原（Altiplano）。

嚼食
高山棘刺與血淚歷史

放棄低海拔草原
嫩綠甜美的記憶
羊駝隱藏表情眼神空茫
不斷反芻的是
劫後的僥倖？
或是
祖先的苦難？

2017.07.15

46.羊駝在哪裡

羊駝啃草　在書葉中
羊駝散步　在電視框框裡
羊駝遷徙　在夢中的肥美草原

來到羊駝故鄉
追尋羊駝足跡
來到安地斯山脈
嗅聞羊駝氣味

羊駝在哪裡？
羊駝在哪裡？

羊駝在精品店內
一件高價羊駝衣
羊駝在精品店外
佇立在想像中的大草原
任遊客用相機攝走魂魄

留下羊駝皮的形體[1]

2017.07.05

---

[1]　禮品店外，佇立一隻栩栩如生的假羊駝，或許皮是真的。

47.處處九重葛

有的爬上屋頂
誘蝶越牆
有的伸出花枝
把花苞情詩
遞到牆外
豔陽下大方展示

九重葛在台灣
處處紮根
如城中便利超商

孟加拉、土耳其、馬其頓
處處撞見九重葛
聽說有太陽的地方
就有九重葛花影

在原鄉秘魯
已洩露出牆習性

如今更加赤裸裸展現
殖民全球雄心
九重葛跨海進我家園
搶先秘魯詩人一大步

2017.07.06

遇到巴列霍

48.浮世繪

招來計程車

台語不通華語不通英語不通

手語不通

秘魯運將[1]忽吐日語

台灣詩人用七十年前日語回應

第三國語言溝通兩國

被日本殖民的台灣人

遊學日本的秘魯人

巧遇

在秘魯狹小密閉車廂

談不完的櫻花戀……

在利馬機場被草率完結

莎喲娜啦！莎喲娜啦！

櫻瓣淒美

飄落兩人心湖

---

[1]　閩南語ùn-chiàng的音譯。閩南語詞源於日語運ちゃん，是運転手さん
　（untensyu-san，司機先生）的縮略及音轉。亦作運匠。

秘魯行程終點
異國司機來不及留名姓
留下不肯收費的物語[2]
富有台灣人情味
適合寫成俳句

啊
現代浮世繪沒有陰影[3]
有離愁與鄉愁
蔓延數國

2017.06.15

2　物語（ものがたり、monogatari），意即故事、傳說。
3　浮世繪構圖充滿動態感而沒有陰影。

49.你吃石頭

你預言
到了巴黎你將吃石頭
你因此擁有一個消化不良的胃
一半消化憂鬱
一半消化苦痛

畢卡索畫你
46歲遺容
深刻皺紋間
埋藏死不掉的
饑
渴

親愛的，巴列霍
石頭提供另類養分
使頸椎堅硬心腸柔軟
使你詩句分泌
更多人道主義芳香

石頭養成你

獨特靈魂

像一座岩山

讓人景仰

2017.07.20

50.老鷹之歌

優美旋律吸引我
一聽再聽
聽不懂的歌詞
聽得懂的微微傷悲

老鷹翅膀雖老卻堅強
飛繞地球多少圈
我才得知那是一首民歌
反抗西班牙殖民
起義英雄死後魂魄化成神鷹
鷹揚
在神祕排簫聲中

釘子被搥
搥出不曲鐵聲
天鵝被奪翅膀
伸長脖子發出反抗聲浪

被殖民者

不該暗自悲泣

老鷹

在秘魯發聲

歌聲飛遍全世界

震動無數貼著濕地的蝸牛[1]

飛吧，老鷹

安地斯山脈天空高曠

你有一雙翅膀

我沒有

我乘著你的歌聲

飛翔

2017.07.05

---

[1] 〈老鷹之歌〉歌詞：「我寧可是隻麻雀，也不願做一隻蝸牛……」。

51.52條白色血管

安地斯山脈高聳
千里屏風
擋住大西洋暖濕氣團
秘魯西部沿海無法獲得滋潤
印加天空欲哭
無淚

安地斯山西坡
雨水匯成52條大地血脈
10條流向太平洋
其餘被太陽吮乾
被綠洲消化掉

大海
猶在遠方癡癡等待
每一滴水
都能擁有自己的方向

每一條河
都能流成海洋

2017.07.14

—

52.天竺鼠

秘魯友人邀宴

神祕大餐

我腦海閃過獵物

無辜眼睛

淚光閃閃

天竺鼠祈求

從食客舌下赦免

聽說

假日或節慶才吃的大餐

聽說

在Cusco大教堂那幅最後的晚餐

耶穌餐盤

伏著一隻天竺鼠

聽說

味美如鹿

在秘魯咀嚼過的食物
回到台北不時反芻
沒嘗過的天竺鼠肉
經常無端引發聯想
獵物與被獵
生與死碰撞
打破安地斯深山
表面的恬靜安詳

2017.07.14

53.攝影師
——台灣詩人林鷺[1]

攝影師

守在安地斯山

固執像一棵樹

屏息靜待時間老人

從山峰推出一輪印加紅日

烈風不斷

劈開玉米劍葉

會獻出獸的獨角嗎？

攝影師

用第三隻眼

捕捉一瞬間

框住

永恆的時空

---

[1] 台灣女詩人林鷺沿路為人照相，最後發現沒有自己的影像。

攝影師

時時舉起相機

定格歷史

影像取代文字

拼貼他人人生故事

光影的世界最新鮮的事

攝影師找不到

自己的影子

2017.07.16

54.燈籠果

安地斯山傳統市場
蔬果各憑本事
吸引消費者

黃橙色漿果比指頭小
看似小番茄營養不良
卻擅用獨特香水味
塑造一己不凡品味
吸引詩人目光與嗅覺

面對珠狀果實
詩人毫不猶豫
佔有實體
留下香水記憶

其他體型碩大的蔬果
發出嘆息

2017.07.16

55.西班牙語世界

台灣舌頭捲不動
西班牙語聲波語浪
我暗自禱告
外國人不勞我言語
能懂我
真善美心意

踏進印地安社區
變成最少數族群
舌頭突然石化
開不出語意繁複香花
溝通障礙高於安地斯山海拔

居民
用黑珍珠般的眼睛凝視我
用微笑打破千斤重的沉默
面對微笑我微笑再微笑

微笑唇瓣綻開

一朵紅色解語花

2017.07.16

56.國舞瑪里內拉舞[1]

舞衣華麗

女舞者打赤腳苦練千遍

在溫暖國土秘魯

靈活跳舞

男持手巾

女雙手提裙

如兩隻蝴蝶

相互繞飛

隱形橡皮筋

繫住雙人靈魂

用手勢和頓足踏點

表達彼此愛慕

一條手巾，一條長裙

---

[1]　瑪里內拉舞（MARINERA），即水手舞。

舞動空氣，舞動心旌
雙人舞出19世紀末
水手與姑娘在酒吧
調情韻律

姑娘裙襬
為水手漩起
浪花一朵朵……

2017.07.16

57.昨夜星空
——給偷星光的女詩人[1]

喜歡

和詩人彩繪

詩的天空

在利馬

妳望穿重重煙雨

盼望那顆迷路的啟明星

一轉眼就點亮滿天

夜的小眼睛

安地斯山冷如巨大冰凍庫

妳夜半失眠

緊擁駝毛衣斜倚窗邊

為滿天星星命名

---

[1]　同行女詩人楊淇竹總在半夜起床，看星星。

聖地亞哥德丘科的
星星
閃爍合群的小眼睛
守護夜間森林與小鎮寧靜

在秘魯
我發現
妳眼框裝滿星光
燦爛
我想偷走幾顆
照亮我詩集

妳離去
有沒有把一顆
名叫巴列霍的明星
偷偷裝進行李？

2017.07.17

58.像小小島嶼

站上國際詩歌節舞台
分析巴列霍與李魁賢
不同年代不同地域
相同的人道主義精神

瘦小身軀
像小小島嶼
蓄積能量
當她開口為台灣發聲
國際詩人豎起耳朵
當她介紹完李魁賢
國際詩人說
原來台灣也有巴列霍

她[1]用西班牙語
指出世界地圖裡的

---

[1]　在祕魯詩歌節發表論文的台灣女詩人簡瑞玲。

美麗島嶼
用英語介紹
福爾摩莎歷史
也用台語說出
台灣人新聲

2017.07.17

59.台灣意象

挺直八十歲脊柱

帶領詩隊伍

昂然航向海外

營造台灣意象[1]

他最先

被國際的眼睛看見

他不想單獨被看見

他要島嶼台灣

浮出海面

他的聲音

最先被國際的耳朵聽見

他不想一人被聽見

他想要福爾摩莎的聲音

被千千萬萬雙耳朵

---

[1]　詩人李魁賢，在國際詩壇頻頻獲獎，他總是為台灣詩人爭取國際詩歌節出席名
　　額，以團隊營造台灣意象，亦即實踐他高舉的「台灣意象，文學先行」。

遇到巴列霍

掛念

他到馬其頓
被發現
擁有奈姆[2]蠟燭燃燒的精神
他到秘魯
秘魯人說
原來台灣也有巴列霍[3]

他用台灣的舌頭
發出台灣心聲
他把台灣新聲
變成各種語言
在世界各地
傳頌

2017.07.18

---

[2] 奈姆・弗拉謝里（Naim Frashëri），偉大的阿爾巴尼亞詩人，代表作〈蠟燭的話〉（Words of Candle）。

[3] 巴列霍，秘魯最偉大的詩人，深具人道主義精神。

60.咖啡杯

台南花樹下她[1]優雅
捧起咖啡杯
喝到咖啡靈魂

想像
日本咖啡杯
飄逸吉野櫻花味
英格蘭咖啡杯
喚醒皇家玫瑰香
不丹咖啡杯
散發不消散幸福滋味

我端起
女詩人在利馬餽贈的咖啡杯
品嘗秘魯咖啡
嘗到巴列霍苦苦淚水

---

[1]　女詩人利玉芳環遊世界，攜回咖啡杯作紀念。

有詩人用蜜糖寫詩

有詩人用苦味寫詩

等待讀者挑剔的舌頭

嘗到苦後回甘滋味

像

不加糖黑咖啡

2017.07.08

61.河，流

你說
世上有個你知道的地方
但你永遠抵達不了

你是一條騷動的河流
源自安地斯山
某起意外事件
折彎你意志改變你航圖
或許被沙漠佔有被綠洲吞噬
你空有奔赴汪洋的藍圖
永遠無法抵達那日思夜想
壯闊的海洋

你抵達不了的地方
雲抵達了
飛鷹抵達了

這世上也有個

我用腳到達不了

只能用夢抵達的他方

2017.07.20

62.龍舌蘭與鳥

等待十多年[1]
在印加天空下
一柱擎起
開花意志

開花育種死亡
龍舌蘭命運三部曲
花柱搖晃
死亡陰影
逼出馨香眷戀生命
結出種子抵抗
來勢洶洶的死亡

傳說有一種鳥
終生只唱一次歌

---

[1] 據說大部分品種的龍舌蘭要生長幾十年才會開花，而且一生只開一次花，開花後植株就死亡了；因其用盡一生力氣，儲存足夠的糖份和營養，就為了開花那一刻。

從離巢就四處尋覓荊棘之樹

選擇最尖利的刺

戳穿肉身如一朵紅花

傾吐靈魂之聲

連雲雀都羞愧不如

人在龍舌蘭與鳥身上

看到多少

自己的影子？

2017.12.07

63.拼盤

以為水果天堂在台灣
來到秘魯
驚見西瓜鳳梨香蕉肥又甜
長相奇特水果甜蜜誘惑
味蕾在眾多不知名水果之間
移情別戀

秘魯餐盤
難以夾到一口菜蔬
炸肉炸到肉汁流失
我不被馴化的頑固舌頭
偷偷緬懷台灣飯蔬

舌上殘留秘魯食物風味
匆匆坐回台灣餐桌
腦海忙於拼桌
台灣米飯蔬菜、秘魯水果

Chicha Morada[1]、Inca Cola[2]

還有如酒的月色

如甜點的朋友

食神請坐！

食神請坐！

2017.12.08

---

[1] 一種紫色無酒精的玉米飲料，用紫色的玉米、鳳梨、肉桂、丁香等等香料所熬成，味道非常的甜，帶有淡淡的肉桂香料和玉米味，幾乎每個秘魯菜的餐廳都有供應。

[2] 秘魯的國民飲料印加可樂，味道超像維大利，味甜帶有像檸檬的果香，是秘魯非常受歡迎，到處都可以買到的飲料，連肯德基都有賣。

64.再見，印地安小孩！

打開心鎖

張開下垂的雙臂

妳在深山小鎮

盡情享受陌生印地安小孩

輪流用生命擁抱

妳對人群保持警戒的身體

印加後裔純真溫暖

妳從他們臉上看見

神的光

道別時小孩用盡全力攬抱

妳想把他們帶進妳生命的航圖

但缺少

彩衣吹笛人的笛子[1]

2017.12.08

---

[1] 彩衣吹笛人（德文：Rattenfänger von Hameln），源自德國民間故事，最有名版本收在格林兄弟的《德國傳說》（Deutsche Sagen），名為〈哈梅爾的孩子〉（Die Kinder zu Hameln）。故事發生在1284年，德國村落哈默爾恩（Hameln）鼠滿為患。某天來了個外地人自稱捕鼠能手，村民許諾他若能除鼠患會給重酬。他就吹起笛子，鼠群聞聲隨行至威悉河淹死。事成，村民不付酬，吹笛人飲怒離去。數周後，正當村民聚集教堂，吹笛人回來吹起笛子，孩子們聞聲隨行，終被誘到山洞內……

65.印地安小女孩

因為巴列霍
我從北半球飛進南半球
與妳相遇

妳牽引幼弟
一隻大狗尾隨妳
天天走在小鎮
巴列霍來往無數次的街頭巷尾
看與世隔絕安地斯山仙境
妳純淨如高山空氣
靜美如一朵純白小花

在聖地亞哥德丘科
妳深怕我們被街巷吞噬
手抱幼弟追趕我們
如我們一心追逐巴列霍

來不及告別
用錢也買不到的秘魯天空
我又回歸我的台北城
眼睛望穿陰鬱天空
想念妳
為我們時晴時雨的眼睛

安地斯山脈圍護妳
擅長編織的民族
妳會為自己編一雙
飛越高山的翅膀嗎？
妳深邃雙眼
會為我望向北半球嗎？

2017.12.08

《文學台灣》111期2019.7秋季號

2017.05.26，巴列霍故鄉──秘魯聖地亞哥德丘科，熱情純真的小孩。

66.台灣的名字

二十年前
台灣人到國外常被詢問
你是日本人嗎？
日本人舉止優雅
但台灣名字深陷地表下

如今出國還常被問詢
你是日本人嗎？
你是韓國人嗎？
你是中國人嗎？
不是！不是！不是！
到底要否認多少次
台灣名字
才會浮出海面

同樣一層黃皮包裝
我是如假包換
Made in Taiwan.

即使我會萬邦語言
我也是用外語
訴說身為台灣人的心聲

要等到哪一年哪一天
才能翻轉
日本人韓國人中國人
在國外被詢問
你是台灣人嗎？

2017.12.12

《The Sound of Snow雪的聲音》（英漢雙語詩合集）

"El sonido de la nieve"（雪的聲音西語版合集）

67.朝聖秘魯

從麻木的生活中
抽出十多天
脫離舊軌道
如一隻南飛鳥
朝聖巴列霍
及其神祕祖國

過客
擠不出時間
慢慢了解
深入探索
土地人民語言信仰

張大雙目
我仰望安地斯山脈
高曠透亮的藍空
尋找〈老鷹之歌〉裡鷹的雄姿
我凝視大地

被神奇的萬象迷惑
打開雙耳
我傾聽眾生萬籟
伸出雙手我渴望觸摸
一路追尋的羊駝
腎上腺素
隨安地斯山升高

秘魯不再只是
史書上名詞
地理書中名字
穿梭
在壯麗安地斯山脈
巨大皺褶間
我
渴望成為獵人
以筆為箭

2017.12.13

【附錄一】伊斯坦堡時刻

2016.10.15

飛到伊斯坦堡的夢,美到讓人忐忑!

暮色中抵達伊斯坦堡。機場大到像迷宮,通關比年初去孟加拉達卡簡易。

夜色籠罩,窗景模糊,感覺是被載往古老偏僻山村。三、四點抵達旅館,在床上輾轉,忽聞如夢誦經聲,以及大鳥粗聲粗氣啼鳴。後來方知鄰近藍色清真寺與聖索菲亞教堂。

天色濛濛亮,推窗,迎見鄰屋屋頂有如防空壕,和附近諸多屋頂一般裝設小耳朵。伊斯坦堡殘留數十年前台灣屋頂風景,攪動我懷舊情緒!

旅館不供拖鞋、牙膏、牙刷、開水。幸好機上提供便利小包,內含牙刷、牙膏、布拖鞋。過9點,想就近散步,櫃台建議往上爬坡看美景。異國一切新奇。走在石板路,感受悠久歷史!經數間房舍,斜對面路口即餐廳,入內買瓶裝水,土幣(里拉)1元,約合台幣10元,換算容易。順便看菜單。

有一門面,像住家,張掛諸多手工織品。從大地毯至小織品,色彩繁複,壁上一隻迷你紅龜藝品,我忍不住多瞧好幾

遇到巴列霍

眼。一男，正專注編織，我心生羨慕，願與他交換天差地別的人生。臨走，與編織藝師合影。前腳方踏出門口，店員急急追出，我以為遺失了物，原來要把那小珠粒編成的紅龜贈我！

處處可見土耳其國旗，大紅底色化解寒冬冷意。邊走邊認路，一路上行人親切招呼。不久又遇一地毯商，帶我們到他店裡。土耳其商做生意親切又積極！

出店門，來到廣場（Hippodrome of Constantinople, 古羅馬時期賽馬場的遺址）。場中有圖特摩斯三世方尖碑、蛇柱、君士坦丁紀念碑。於藍色清真寺入口旁，逛了幾間物品擁擠的小禮品店，購得兩支土耳其小國旗。

穿過藍色清真寺中庭，在寺周邊階梯休息，一對新人、儐相、攝影師朝此前來。問了幾次女儐相可否拍照俱不獲回應，最後她示意問新娘本尊，想不到新娘直白拒絕，不解其何以不願分享喜悅。

11點回早上買水的餐店，前後場由一女子包辦，客人少得可憐。兩人點一魚、一蝦仁，拖很久才上菜。魚鮮肉豐，鐵板蝦仁過火變開陽。後來幾度行經餐店，偌大門面都沒客人，不知其如何維生。

房間附無價海景，兩面牆皆開有大窗。一面賞海，一面觀街。另一牆面利用一面巨鏡，借得一大片海景。光線好到白天得窗簾全放下。第一天睡時仍開冷氣，第二天只開窗，因氣溫驟變。

下午6點多，土耳其詩人梅廷・成吉思（Metin Cengiz）偕

其詩人朋友雅悟茲・歐茲登（Yavuz Özdem）來，帶我們穿過廣場坐電車（tram）（站名可能是sultanahmet），下車再轉乘一段地下捷運。出站，進入豪華商圈，除垃圾車，其餘車子禁入。兩旁建物壯麗，畢竟曾經強勢帝國！朋友還帶我們穿過一條據說是大名鼎鼎的市場街道（應是伊斯提克拉爾路的市場），讓無暇遊逛的我此行了無遺憾。最後來到一家熱鬧的餐廳，選擇室外座。前菜一大盤沙拉：似香料的整條葉片、番茄、去皮切片黃瓜。梅廷・成吉思淋上大量橄欖油，強調是好物。另有麵包、鮮美烤小魚片。我點啤酒，友人點了葡萄柚釀製的烈酒，以開水稀釋成乳白色，我嘗一口，異香撲鼻。

餐後兩位友人陪我們搭地鐵往回一站，再幫忙叫計程車。第一輛價錢談不攏，氣氛很僵。坐了第二輛。途中生平首見白月，在伊斯坦堡天空異常圓大。見到藍色清真寺即知旅館近了。

搭電車和捷運，土耳其友人用他的卡為自己和我共刷兩次，下車不再刷。行人不太理會交通號誌，過馬路須眼明腳快。

2016.10.16

旅行社導遊準時前來接往觀光。小車上，已有一對甜蜜俄羅斯情侶。男士聽說我們來自台灣，立即比讚，讚美是個好地方。十年前他來過台灣。

第一站，在一清真寺外，導遊說了頗長的宮廷情史。傳統市場比鄰，攤架上滿滿繽紛甜點，香料植物垂掛店前，成為搶

眼廣告與最佳裝飾。然後到一個鴿子滿天滿地的整修中清真寺。再來是鄰接的寵物市場。最後站在古老香料市場門口等開門。

入香料市場發現个只販賣香料，其實就是個綜合市場。土耳其人營商積極，見你東方人，先來上一句：「你好嗎」，或日語問候。每次我都得表明係來自台灣。香料市場亦有少數人力車小販，販售食物和藍色清真寺廣場同樣是餅。有一種形似甜甜圈的油炸芝麻餅。

下一站搭遊船，多了兩位東方婦女。我們選擇上遊船2樓，船上導覽使用土耳其語。途經橋梁，看到張掛大幅土耳其大紅國旗，風中分外美麗。盤繞山坡的古堡群，異常壯觀。沿岸坡地多建物，總覺破壞景觀，雖然建物不算亂和醜。回程，觀賞另一岸。

結束海上之旅，驅車過橋往山上能俯瞰海景的餐廳。橋上看到不錯的海景，可惜拍照不易。餐廳旁，俄羅斯紳士貼心自動替我們拍照。午餐先上一盤沙拉，惜無橄欖油。再來主菜是雞排和油炸組合肉，一盤麵包，飯後圓形甜點像泡過濃糖水，簡直像吃糖。透過餐廳玻璃牆俯瞰海景。

下午參觀朵瑪巴切皇宮，脫鞋入宮。皇宮現為美術館，前身為總統府辦公處。朵瑪巴切，土耳其語意謂填土興建的庭園，面對博斯普魯斯海峽，巴洛克式建築，加上鄂圖曼東方線條，占地25公頃。

建築細節透露男女地位不平等，以往皇室女眷欲觀禮，須

經由鏤雕的窗隙。最難忘是自天花板垂吊而下的超級豪華大吊燈。參觀結束約下午4點。

晚上散步藍色清真寺周邊。夜間清真寺、埃及方尖碑、圓月、變色噴泉，異於白天，暮色隱去萬物，方尖碑、塔樓、整座清真寺，在燈光中像空中浮雕。坐在廣場邊椅子吃清蒸黃玉米（昨天吃烤得過焦的沾鹽玉米，遠不如台灣的香甜可口）。逛電車兩旁熱鬧商街，餐館特別多，書店詩集售價不菲。近清真寺巷寬屋闊、恬靜、溫暖橘燈絕美，一旅館在光暈中尤其美不勝收。此區生活機能佳，更是散步者天堂。

2016.10.17

匆匆吞完早餐，在大廳枯等7：45的Tour，耗近一小時，請櫃檯聯絡。導遊終於來帶我們至廣場搭大巴士，但沿途至各旅館接遊客，終至海邊，人車皆上船。海鷗飛海風吹的海上時光，船上食物標價奇高。

下船上車至Yalova看老巨木，依葉形研判應屬楓槭類。樹幹像展開的數隻手臂，極勇壯。樹旁水果攤，晶亮圓潤軟柿，遠比台灣產圓亮。近處谷中擺設餐桌，富詩意，即便天寒，仍有不少人圍桌用餐。

下一站，山中蜂蜜小舖，因無意購買，在店外照相。天氣越來越陰涼，車又行至一醬料店，已雨，試喝一杯咖啡。上車後，因誤餐時間過久，且喝過咖啡，備感虛弱，好不容易來到一處路邊餐廳。一黎巴嫩紳士親切邀同座。食物無選擇餘地，

皆油炸，包括一塊組合肉。生菜沙拉缺了靈魂——橄欖油。

　　車行至更高處，有兩選項，騎摩托車或搭纜車。穿上防寒雨衣，坐上老舊纜車。纜車龜速上山，氣溫隨高度下降，腳下皆松柏，心中暗禱快至終點。終於抵達，被搶拍了照片。速入室內，同行者已圍坐圓形火爐取暖。照片3張，我選一張，索價15，折合新台幣150。沒多逗留，又搭纜車下山，氣溫更降，冷極。下纜車前，又被搶拍照片。纜車工作人員一天工作時數長達10小時。

　　回程先一段車程，再搭纜車。冷，霧茫茫，或許纜車外微雨。黎巴嫩紳士坐同一纜車，還有一對夫婦，女戴頭巾，外罩褐紅外套。經漫長時間（應超過一小時），站內換纜車。車上已坐一清秀穆斯林女郎。在纜車站第一次上土耳其收費公廁，收費1元（約台幣10元），幸好廁所是坐式且乾淨。在伊斯坦堡最怕蹲式廁所，因右腳骨折未痊癒乏力。車至綠色清真寺，天黑且寒，微雨，沒導覽，自由參觀。上了階梯，見一片漆黑即回轉。飢腸轆轆，買攤子的10元（台幣100元）大栗子回車上果腹，幸好比台灣的好剝殼，易吞嚥。回程又沿路送客兼洗車，且綠色清真寺竟然離旅館甚遠。回至旅館，已十點。

　　今天有一站是到大型商店購物，試吃不少甜點。甜點品項繁多，有的太甜，也有很好吃的。

2016.10.18

　　旅行社準時8：15來接人，沿路至各旅館載客，再至定點

換客。車行至海濱換船至王子島。天氣陰鬱，望向島嶼天空，天色較清朗。途經島群，常會有遠看是一個島，接近才發現是兩個。下船至島上搭觀光馬車，馬車發出馬糞味。車行不久，一群狗衝上狂吠，台灣詩人李魁賢發揮幽默感問珠寶商夫婦：「你們可有簽證？」

島上無公車，風景宜人。和約旦珠寶商夫婦同車。此行和中東人士極有緣，且投緣。

轉往另一島，走過休閒風的商街至海濱餐廳午餐，點了導遊也推薦的魚，終於吃到像樣午餐，但餐後甜點仍像泡過濃糖水！老闆看我縮頸抱胸，讓我坐到暖氣旁，並奉上熱紅茶，展現土耳其人情味！

午餐後有一大把自由時間。漫步島上坡路，愛上這拒絕機械的美麗島！

路過一教堂，入內參觀，有二人靜坐祈禱，其中一人招呼我過去同坐。教堂雖小卻精美，像一座藝術品，神聖靜穆，確是靈修佳地。

誤認同行甜美女子是昨天同行女子（臉盲症狀到國外更加嚴重），因她先對我微笑，且也身穿好看的紅褐外套。有些穆斯林女子，即使你對她微笑，她也沒回應。女子之伴侶看來像非穆斯林白種人，許是男方文化濡染緣故。

伊斯坦堡戴頭巾女子比例高，她們膚質好，眼大深邃迷人，即使戴面罩也看得出眼部濃妝。服裝富變化，我曾見過一件極具設計感的黑長衣穿在一穆斯林女子身上，異常高雅搶

眼！黑，神奇、莊嚴、神祕，比任何顏色更具想像空間。穆斯林女子包裹全身，卻遮不住其美及尚美之心。

觀光結束得早，大約在下午4點。為明日將入藍色清真寺，到旅館附近送我小紅龜的織品店詢問圍巾。

晚上7點前，土耳其詩人兼翻譯家妥占・阿爾坎，攜眷歐茲吉・成吉思（Özge Cengiz）來旅館接我們，行經藍色清真寺廣場搭電車，也是他們幫我們刷卡上車，下車不再刷。再搭一段計程車，繞經山坡巷道，止於插入天際的加拉達石塔（Galata Tower）前。步入一氣氛絕佳酒吧，主人點了大披薩。夫婦倆皆在大學執教。我問女主人對伊斯坦堡看法。她說此地物價高生活不易，但她樂在其中，她愛伊斯坦堡。

談完文學交流事誼，妥占・阿爾坎為李魁賢老師拍照，用於11月雜誌專訪。出酒吧，來到高塔前，友人與計程車司機議價，談妥條件不超過200元。最終收費就是200元，估車程，應少於140。但這是朋友好意，也為安全起見不得不然。

從15日和今日土耳其朋友的交通消費，感覺土耳其人踏實度日，毫不浪費。

2016.10.19

旅行社準時8：15來接人，沿路至各旅館接客人至海邊與其他遊覽車交換遊客，這精密的整合機制，讓我佩服至極。

最後竟返回旅館附近廣場，為了將入清真寺又不願用被提供的頭巾，在廣場周邊購一條大圍巾，要價台幣一千，沒殺

價。這價錢其實太高，旅遊達人說應至少從5折殺起。

　　因室內磚塊藍色而被稱為藍色清真寺（蘇丹艾哈邁德清真寺Sultanahmet Camii）。入內前須先脫鞋、戴頭巾。寺中富麗堂皇！2007年，伊斯坦堡有多達2,944座開放的清真寺，以藍色清真寺最馳名。

　　聖索菲亞博物館（6世紀拜占庭皇帝查士丁尼一世下令建造，原先為教堂，後為清真寺，現為博物館），隔著公園與藍色清真寺對望。館內基督教與伊斯蘭教遺蹟並存。參觀結束時，不確定集合處，出了唯一出口，不見同團者，乃至近入口處。枯候好久，觀光局人員趨前詢問，因我們無導遊電話致其愛莫能助。心裡早已放棄回團，不意不遠處出現同團者。導遊長達一小時才來尋人，未免失職！

　　過馬路，進入行人徒步商業區，導遊先來一段說明，然後放團員入一地毯店參觀，因無意購買，隨即出來，沿街瀏覽。過馬路，一棟白色龐大建築，疑是公家機關。路邊有免費伊斯蘭經故事英文小本。隔一小馬路，是鼎鼎有名的「有頂市場」。中央大道兩旁有垂直街道，一則沒時間，二則怕逛昏頭不辨方向，只略瀏覽主幹道，正合導遊意。土耳其商人使盡招數攬客。出來時有人推銷圍巾，索價不貴，在推銷無效時，自動降價，降幅奇大。

　　下午第一站是博物館，第二站是Topkapi Saraiy（托普卡匹皇宮）。之前夜間散步曾來附近。1453年鄂圖曼土耳其帝國成立，君士坦丁堡成為伊斯坦堡，托普卡匹皇宮始建於1460年，

歷18年於1478年完成，介於馬爾瑪拉海、博斯普魯斯海峽、金角灣間的舊城區。

有些宮內參觀須另購票，每張票價約新台幣200或250。

意外來到視野遼闊的海邊，何以導遊沒導覽至此重要景點？但我們也沒在此吹海風喝咖啡、看博斯普魯斯海峽。出皇宮大門，經門外亭子……熟門熟路走回旅館。

梅舒·暹諾（Mesut Senol）晚上7點前來與李魁賢老師商談翻譯與出版。

往電車方向，沿不曾走過的路徑。這裡很神奇，好像處處相通。透過櫥窗看到類似台灣自助餐的菜色擺設，本以為是自助餐，詢問方知各種餐的菜色都已配套好。價錢不比台北便宜。

第一天比較不冷；第二天下午參觀皇宮熱得脫外衣，夜晚氣溫下降，越來越冷。每天都陰晦，今天天色有時開。不知馬其頓會不會更冷。

飯後回旅館整理行李。原定3點起床整理行李，幾乎徹夜失眠。

【附錄二】馬其頓詩歌節

2016.10.20

飛往馬其頓參加2016第20屆奈姆日國際詩歌節（Festival "Ditët e Naimit" 2016），活動從2016年10月20日詩人奈姆・弗拉謝里（Naim Frashëri）忌日至24日，為期五天，含蓋文學藝術文化活動的慶典、重大的文化事件，密集行程橫跨泰托沃、普里什蒂納（Prishtina）和普里茲倫（Prizren）三地，活動內容有奈姆・弗拉謝里文學獎贈獎典禮、朗詩、學術研討會、活動照片展覽，並參訪三地文化與宗教史蹟。繼年初前往孟加拉達卡參加詩歌節之後，這是我所參加的第二個國外詩歌節。

凌晨4點半司機準時來接往機場。出境意外流暢。排隊上機時巧遇以色列女詩人Gabriella Elisha，想不到她從此對我關懷備至。

機上看到地景迅即轉換成雲海雪浪，離情淹沒前往馬其頓的興奮。

抵達斯科普里（Skopje）機場，因坐第5排，很快就下機，通關意外迅速。出境，接機的司機一眼即與我們確認。趁著等待以色列女詩人的空檔搶拍大廳的亞歷山大騎馬雕像，惜

無堪以拍完整的距離！

　　前往60公里外泰托沃（Tetova）的車上，詩人互相自我介紹。李魁賢老師說我即將出很多詩集，並贈Gabriella Elisha《詩情海陸》，她當場翻讀我的詩，稱讚〈島與海〉。她說她18歲就開始寫詩，李老師說他17歲開始寫。

　　到達旅館check in，凡投宿的詩人都被安置於此。在櫃台遇到臉友Kamran Mir Haza，哈薩克和挪威雙重國籍的他魁梧誠懇，握手溫暖有力。詩會所贈紙袋，內含詩合輯《你以海島呈現》（Ti Shfaqesh Si Ishull），係採用李老師詩〈島嶼台灣〉首段詩句。

　　旅館格局奇特，搭電梯到房間所屬樓層，再爬一層樓梯，我因骨傷未癒很吃力，幸遇清潔女工幫忙。其實我不信要這樣吃力到達房間，後來證明真的另有捷徑。

　　一群年輕人像瀑布自樓梯奔瀉而下。

　　伊斯坦堡與台北時差5小時，馬其頓與台北時差6小時。約9點多抵達泰托沃（Tetova），稍整理行李，休息至下午1點多，外出換錢及午餐。途中被兩個吉普賽小孩糾纏不休，隨即有路人為我們斥退。過了馬路走進室內市場，出奇安靜冷清，印象最深刻是質感美好的鞋子標價500，午餐一份150元（除以2即為台幣）。一份披薩附一大盤橄欖及醃青辣椒，一份義大利麵，皆可口量多。

　　出商圈，巷子也有攤商。回程過十字路，車子都禮讓行人。在台北發生車禍，此後過馬路心有餘悸，還不習慣這裡的

文明。

19：30開幕典禮在旅館對面文化中心，入口廣場正面橫掛第20屆奈姆日（Ditët e Naimit）國際詩歌節大布條。不知本屆奈姆‧弗拉謝里文學獎得主李魁賢老師會不會緊張，我陪他早到很久。置身陌生場所陌生人當中，我頗不自在。我們佇立廣場邊，一路過青年與我們打招呼。後來想想，應是主席的兒子。

詩會主席塞普‧艾默拉甫（Shaip Emërllahu）和兼任翻譯的德籍女詩人，以及泰托沃女市長窆塔‧雅莉菲都前來打招呼。阿爾巴尼亞偉大詩人奈姆銅像前早已排列身穿傳統服飾的男女青年，原以為要獻舞，正欲趨前觀賞，李魁賢老師被請去和市長及大會主席一起向奈姆銅像獻花，原來那些青年是聖火隊。然後施放煙火，我用相機記錄，偶抬眼，發現煙火就在頭頂不遠處，近到灰燼像要掉進眼眶。媒體採訪車、圍觀的泰托沃市民和行人，使活動更形熱烈。

被帶入文化中心時，女市長還回頭向我含笑說歡迎從台灣來，好真誠！入內，我不好意思坐第一排。戶外遇到的男生坐在後面好幾排，他再度和我招呼，引來一陣騷動，眾人對我揮手說Hi，少女過來要求合照，並表達歡迎，有被奉為明星的幻覺。原來馬其頓國人（或者是阿爾巴尼亞人）如此熱情！

繼李老師之後，我第二個被點名上台。李老師坐在正中央，旁邊有一空位；左右各有幾排椅子。也許大會是安排我坐在李老師旁，極低調的我不但沒去坐，還捨掉第一排中間的位

子，坐到第二排去。在我後面依序上台的詩人都會從空位中最醒眼的位子就座。以色列女詩人Gabriella Elisha後來問我何以不坐李老師旁。

【詩地球】（Poetic Globe）朗詩節目，詩人先朗讀完一首詩，演員再用阿爾巴尼亞語朗讀一遍。因我的〈燭與影1〉很短，在吉他聲中我放慢朗詩速度，後來法國女詩人說她聽到很強的音樂性，問我是不是很會跳舞。

頒獎是重頭戲，典禮萬分隆重，先由評委衣梅爾‧齊拉庫教授報告奈姆‧弗拉謝里文學獎設獎緣由，以及評審結果，再把證書頒給李魁賢老師。證書共兩張，一張是以其詩具「高度藝術價值」頒贈的文學獎證書，另一是以其對文學的特殊貢獻授與「榮譽委員」（Anëtar Nderi）證書，賦予其文學獎提名人資格。

穿著阿爾巴尼亞傳統服飾的男女青年獻花，接著主席再頒給李魁賢老師一尊奈姆‧弗拉謝里銅像造型紀念獎座。李老師並隨即發表得獎感言：

> 非常榮幸獲得奈姆‧弗拉謝里文學獎，這是我最大的驚喜。我雖然得過許多文學獎項，但這是第一次獲得歐洲的肯定，尤其是來自馬其頓高度文明國家，特別是為紀念偉大的阿爾巴尼亞詩人奈姆‧弗拉謝里所設，以他為名的文學獎。我願與我的台灣國家人民分享阿爾巴尼亞人給予我的榮耀。馬其頓與台灣雖然距離遙遠，但詩把

我們人民之間的心拉近。願與阿爾巴尼亞詩人們共同努力，以詩促進世界和平、友誼和愛！

活動結束步出會場，被大會俊美、活潑的義工學生團團包圍發問，話題是台灣。部分學生陪行到附近餐廳。回台之後接到主席私訊告知此餐廳年年招待與會詩人，問是否要留言給餐廳。我當然很慎重留言致謝。希望物質生活豐盛的台灣也有這樣的文化！

走室內樓梯至2樓。平視窗外黃葉樹冠層，被夜燈點亮詩意。伊斯坦堡和此處黃葉，其實給我了無生機極端蕭索之感，不如台灣繽紛詩情，唯在雙足踩踏時有強烈季節感與詩意。

晚餐，已屆夜間10點。前菜一大盤沙拉。大番茄切片，淋上橄欖油，再撒些胡椒粉、鹽巴或醬油，口感完美！主菜有三樣肉，包括從伊斯坦堡一路吃到這裡的一塊組合肉，其實這樣的組合肉還滿好吃，量多到吃不完。

2016.10.21

第二天，至2樓早餐，和客房不成比例的豪華餐廳，還有大量附有遮傘棚的室外座。早餐食物品項不多，特殊的是點咖啡得自費。

在樓下大廳等，超過一小時計程車才到。其間，摩洛哥女詩人Dalila Hiaoui過來自我介紹，被上帝精雕細琢的五官，美麗高雅，氣質出眾！馬其頓女詩人Olivera Docevska也來打招呼。

詩人分批搭車，我們最早抵達阿拉巴遜‧巴巴修道院（Arabati Baba Tekke），其他人晚到甚久。此為土耳其伊斯蘭教蘇菲派兄弟會組織拜克塔什教團，在歐洲僅存最精美的一處鄂圖曼時代伊斯蘭教修道院。

被人高馬大的白衣教長延入狹長型會客室內。桌上擺置小點心、葡萄、橘子、蘋果、紅茶、酒。牆面掛滿畫像，除了德蕾莎修女、阿里巴巴綴錦畫像，還有一張伊斯蘭教、天主教、基督教、東正教領袖合照，是一面豐富的歷史故事牆。雖不懂教長語言，但感覺得出其人思緒敏銳、學識豐富又幽默。

天冷，幸有暖氣。自由朗讀時，以色列女詩人Gabriella Elisha沒有讀自己的詩，反而主動為我朗讀〈島與海〉（《詩情海陸》）英文版。

下午學術討論會，在薩爾山區（Sharr）陽光山岡（Kodra e Diellit）旅遊中心景點史卡度斯（Scardus）旅館會議室，距泰托沃18公里，海拔1780公尺。此地乃冬季滑雪勝地。詩人搭小巴士上山，途中霧越聚越濃，司機竟送錯地點，幸好距目的地不遠，很快就折返。

建築物面積大，三面皆窗，若無霧，是賞景勝地。詩人陸續進一會議室入座，終至座無虛席。

會後至戶外等車，因太冷，復返室內。

回程，車行濃霧中，以色列女詩人深感不安。德國女詩人Silke Liria Blumbach和奧莉薇拉‧杜切芙絲卡（Olivra Docevska）一路上都在唱民謠。

2016.10.22

　　早餐後，拖行李至樓下。還是比預定時間延後一小時，才上車往科索沃出發。途經薩爾山脈（Sharr mountains），山中多黃葉，似伊斯坦堡郊山，但此處紅葉較多。草木不盛，很多地方光禿禿。沿途大都陰天，甚至有霧。在車上趁天氣短暫好轉搶拍樹景，其中最搶眼的是一種樹形高瘦直挺的樹，不確定是否白楊。車中詩人即興合唱，我只專心看風景。最後，Arsim Kaleci來我身旁邀我唱一首台灣歌曲，好尷尬，找不出可唱完整的歌。後來我將此事寫成〈唱歌〉（在卡查尼克）。

　　手機時代，義大利詩人Giuseppe Napolitano一路上低頭啃讀紙本，因難耐漫漫旅途，一再問何時可抵達。

　　出、入境都費時不少。入科索沃，陰霾，能見度差，國旗看不清楚。第一印象的科索沃是農地遼闊牛馬成群。好不容易抵普里什蒂納旅館。午餐到示威廣場旁餐廳，食物類似泰托沃。餐後逛廣場，德國女詩人Silke Liria Blumbach把導覽內容譯成英文。

　　回旅館，再沐夜色前往普里什蒂納大學圖書館，參加詩歌節閉幕。開幕式主持人又蹬超高高跟鞋出現，Arsim Kaleci和吉他手也就位，法國女詩人Laure Cambau司琴。我這次朗誦〈燭與影3〉，但無麥克風，聲音出不來，燈也暗。摩洛哥女詩人Dalila Hiaoui特地盛裝國服。

　　旅館空調不能用，整夜開窗。

2016.10.23

　　早上拖行李至1樓寄放，入小餐廳，館方竟不知是否附早餐。終究還是為我們備餐。仍舊比預定晚一小時，才上車前往普里茲倫。

　　先至一廣場，有自來水可喝，Arsim Kaleci教我用手捧著喝。有觀光馬車，有一家專賣彩豆的店。回台北看相片，還有觀光小火車。

　　普里茲倫，科索沃文化歷史古城，阿爾巴尼亞普里茲倫聯盟所在地。1878年普里茲倫聯盟在此成立，正式展開脫離鄂圖曼帝國的阿爾巴尼亞獨立運動。

　　聯盟總部，陳列當年阿爾巴尼亞人居住分布圖、歷史文獻、反抗軍使用的原始長槍和短槍等武器。聯盟主腦阿布杜爾·弗拉謝里（Abdyl Frashëri, 1839~1892，詩人奈姆的長兄）多次戰敗後，被捕判死刑，後改無期徒刑，囚於對面山頂古堡三年，因身體日衰，終以不准從事政治活動為條件獲釋，但至死未棄獨立建國理念。

　　文物藝術館，展示阿爾巴尼亞人傳統服飾、勞動工具，以及有關阿布杜爾·弗拉謝里的雕塑、油畫等藝術作品，描繪他領導起義，與被囚的種種景況。

　　出聯盟總部，沿聯盟外道路散步，走向市區中心。如同泰托沃、普里什蒂納，路邊小販大都賣烘栗子，而土耳其伊斯坦堡見過的有賣玉米、大顆栗子、白芝麻圈餅。主席Shaip

Emërllahu送每位詩人一包栗子，沿河散步吃栗子，享受悠閒。Arsim Kaleci很客氣說他不用，其實他參與此詩歌節13年，和很多詩人都已結為好友。談到台灣，他知道和中國有別，但竟以為達賴喇嘛是台灣人。

　　遇到街頭三人組樂團，貌似嚴肅的主席塞普聞樂當街跳起道地土風舞，義大利詩人Giuseppe Napolitano立即響應，手腳伶俐，跳出不同風格。接著馬其頓Olivera Docevska，德國Silke Liria Blumbach，美國Carla Cristopher，法國Laure Cambau和哈薩克Kamran Mir Hazar，紛紛加入圍圈，引起遊人圍觀。

　　午餐在斜坡上的餐廳，食物內容都差不多，但肉量更多。餐飲間小提琴弦音意外響起，然後又加入一男聲唱歌。他表示被Olivera Docevska迷住，溫暖又落落大方的Olivera Docevska也站起來對唱一段。三段影片，為此餐會留下美好回憶。

　　餐罷，沿河岸走到一棵400年老樹下。歷史上有一位阿爾巴尼亞叛國者在樹下被槍決，據說叛國者的血使這棵楓樹生氣勃勃！

　　上車前，法國女詩人與我們道別，雖無互動，臨別仍覺依依。

　　遊覽車載我們回泰托沃，在科索沃出境時，趁等候的時間上廁所，依規定一次一個。好不容易輪到我時，發現廁所非常簡陋，且只一間，男女公用，難怪一次一個輪流上。入境馬其頓檢查護照時，關員問，你們明明是台灣護照，為什麼上面要印中國字樣呢？兼任詩歌節翻譯志工的德國女詩人Silke Liria

Blumbach代答：台灣目前稱做中華民國。

回泰托沃原住宿的旅館。詩歌節「最後的晚餐」在同一家餐廳，有點熟門熟路了！候餐時間，旁邊空調設施忽然爆掉，空氣中飄散異味，詩人散開、開窗，等處理完再入座。哈薩克／挪威詩人Kamran Mir Hazar於候餐時間問我可懂中文，我說：「Of course!」他用手機給我看他被中國人華譯的一首詩，我簡述我的看法。他跟義大利詩人Giuseppe Napolitano、阿根廷詩人Ricardo Rubio有一些關於語言的討論，他給我一本西語書要我念，我竟敢開口念，原以為很嚴肅的Giuseppe Napolitano竟溫和、且有耐性地糾正我。

主席問詩人明天幾時離開泰托沃，詩歌節短到心裡還沒準備好要說再見。

餐後，上街找尋馬其頓小國旗，問路人，路人不知，以為書局會有，進去問，不但沒有，也不知何處有售。過河，發現一棟牆面似馬賽克的彩色建築薩雷納扎米賈清真寺（Sarena Dzamija），詩歌節的車子曾經過，因搶眼，印象深刻。照過像，經旁邊小公園沿河邊散步。好享受這樣的悠閒。回程經第一天來午餐的室內市場，繞出時路邊攤竟有售小國旗，買了兩支。李魁賢老師皮鞋掀底，剛好可以買這裡價廉物美的氣墊皮鞋。

中午之前主席前來，特地邀李魁賢老師、Giuseppe Napolitano、Arsim Kaleci，以及我至對面文化中心和奈姆·弗拉謝里銅像合照。11點多我們和Giuseppe Napolitano共乘一

部計程車至Skopje機場。他的班機是下午3點，我們的是晚上9點，我不知如何在這極小型機場打發漫長的等待時間。在機場把剩下的錢買貴又難吃的食物，好想念泰托沃的披薩和義大利麵啊！難打發的時間，我好幾次跑到機場外去尋找花草，發現一棵美麗的黃葉樹（並非枯葉）。

好不容易熬到進入機場。離開伊斯坦堡飛往馬其頓時，依依不捨伊斯坦堡，並無前往馬其頓的興奮，此時反向飛往伊斯坦堡，心中不捨馬其頓泰托沃。

【附錄三】美麗的意外‧意外的美麗

──第18屆「柳葉黑野櫻、巴列霍及其土地2017」 國際詩歌節

/陳秀珍

去秘魯，意外！

在國際詩壇獲獎不斷的名詩人李魁賢，榮獲「特里爾塞金獎」，獲邀參加第18屆「柳葉黑野櫻、巴列霍及其土地2017」國際詩歌節，為提高台灣能見度，他為台灣詩人力爭名額，終獲主辦單位同意。

2017.05.20，李魁賢老師帶領一支台灣詩隊伍，從桃園飛往另一片詩領空──秘魯。我拖著一箱……超重好奇心，隨行！

前進秘魯之前，我只隱約知道那土地狹長的南美國家居住印地安人、羊駝；有名聞遐邇的馬丘比丘、艷比百花的手工織品、排簫吹出神祕樂音，有飛遍全球的老鷹之歌，更有把人從頭到尾澈底熔化的拉丁熱情……

飛出台灣，我睜大眼睛，忙於觀看陌生世界，整個行程夜夜失眠。過境洛杉磯，雙腳第一次踩上美國領土，心跳加

速……。

　　秘魯詩歌節朝聖之旅，逆向巴列霍足跡，從他讀大學的利馬開始一路北行，追蹤到他出生地聖地亞哥德丘科。

　　詩，不依寫作先後而以流程排序。

　　第一天，05.21，大會為提前一天抵達的詩人，安排參觀總統府及閱兵儀式，難得復難忘！在武器廣場初次見識秘魯嘉年華會華麗遊行。下午搭觀光巴士觀看市容，被迂迴而上的車子載到利馬城制高點聖克里斯托巴觀景台，俯瞰首都，竟看到……

　　第二天，05.22，整天研討會，在利馬巴列霍曾就讀的國立聖馬爾科斯大學。晚上搭10小時夜車，前往特魯希略。椅當床，更加失眠，馬路如黑蜘蛛長腳，我被困網中迷惘……

　　第三天，05.23，晨抵「春天之都」特魯希略。在巴列霍母校國立特魯希略大學，全天研討會。詩人簡瑞玲以西語發表論文〈閱讀巴列霍與李魁賢〉。

　　第四天，05.24，清晨驅小巴士前往瓜達盧佩，進行第一場遊行，印象特別深刻，沙漠盡處小鎮居民，似乎不需時鐘。

　　遊行至市政廳與當地學校交流，詩人林鷺以西語朗誦她的詩，我以漢語朗誦〈人與神〉，再請詩人簡瑞玲幫我用西語朗讀。一支熱情浪漫秘魯國舞Marinera（水手舞），女舞者舞裙掀起浪花朵朵；我，採擷不及……

　　循來路返回特魯希略，薄暮籠罩岩山荒蕪，呈現如煙似霧藍紫，神祕不可言喻！

巴列霍曾執教於瓜達盧佩。相較於他二十世紀初在國土上大移動，回鄉曠日廢時；台灣從南至北不出半日！

第五天，05.25，晨6：30拖行李離開特魯希略，乘大巴士前往安地斯山脈中的奧圖斯科市，進行第二場遊行與早餐。海拔隨蜿蜒山路一路拔高，壯闊山景多變，身體被山路吞吐，雙目遭轉彎、急速撤退的風景拋棄！抵達奧圖斯科，我成為迷失的羊，與另一隻迷途羊利玉芳，在陌生小鎮找不到羊群，尋找羊群過程，是兩隻小羊的另類小遊行。

始終未被發現走失的兩隻羊，餓著肚子跟隨回車廂的羊群繼續趕路。往瓦馬丘科，山越高，越飢餓，餓到快失去溫柔，幸好途中印地安人賣零食，詩人林鷺用新索爾換秘魯名產白玉米分享台灣團，稍解飢情。到瓦馬丘科，過午未食，丟下行李急奔國立聖尼可拉斯學院。久候多時的師生，迎賓儀式從門口排到整個校園，熱情隆重！

與國際詩人列坐舞台上，感受安地斯山海拔三千公尺威力，飢餓加劇頭重的高山症狀。知道我們來自台灣，學生搶問有關台灣的種種問題，詩人被圍繞，被搶著合照、簽名，熱情超乎想像。當不得不離去，我無法直視他們的淚眼！

夜宿瓦馬丘科民宿。傍晚被招待民宿私房景點，遠山近谷，堪比仙境，我直想留下來，即使變成一棵草！

此處即青少年巴列霍1905─1908就讀的聖尼可拉斯中學所在地。

第六天，05.26，又是清晨6：30搭車趕往巴列霍故鄉。清

晨離開瓦馬丘科看見谷中一座吊橋，我想像吊橋曾搖晃過巴列霍的童年，山谷曾迴盪他青春的吶喊。

往聖地亞哥德丘科途中，在礦區小鎮基魯維爾卡短暫停留，這裡的少年少女，熱情一如瓦馬丘科學生，他們對台灣團詩人的見面禮，就是一個大大的溫暖擁抱。那毫無保留的真心，使我深信他們是我前世家人！催促上車聲聲聲催起，他們把我們擁抱得更緊！

近午，終於抵達巴列霍故鄉，一下車即被迎賓大陣仗震撼。鮮艷傳統服飾、各級學生樂隊、舞團邊走邊表演，不見首尾的嘉年華遊行隊伍，樂聲迴盪山谷，豔陽驅走寒氣。此時我意識到，我雙腳正踩在巴列霍走過無數次的路，我雙眼正在替巴列霍觀看他再熟悉不過的家鄉風景……

下午來到巴列霍故居（現為巴列霍紀念館），低溫微雨，詩人圍坐中庭展開詩會。在地小孩輪番演詩，詩人誦詩。最後團呼由台灣團壓軸，團員臨時商議用「台灣，Formosa」（「台灣」二字用台語發音）為口號，在微雨中振臂疾呼三次。

聖地亞哥德丘科印地安小女孩，帶著弟弟追隨我們，善感伶俐的她，總是害怕我們離開！

第七天，05.27，6：00問路到巴列霍的小學附近看日出，然後是生平第一次到天主教堂望彌撒，再搭摩托計程車至墓園，意外找到巴列霍象徵性的墓，與楊淇竹朗詩給詩人巴列霍。出墓園，會西語的簡瑞玲和司機議好車價，我們再搭摩托

計程車一路顛簸到國立特魯希略大學在聖地亞哥德丘科的分校參觀。

下午一場豪雨後，台灣詩人團到巴列霍墓園，想不到國際詩人也紛紛來到，一場詩會就這麼自然而然展開。備受推崇的台灣詩人李魁賢，被推舉率先朗詩。有詩人激動、有詩人含淚訴說感動，朝聖終站，詩人來到這一場域，心與心很自然緊密相連！

晚上於市政府小劇場閉幕，頒發出席證書。黑島詩人贈台灣詩人幸運草。

閉幕後詩人熱情不散，在寒風中扛旗夜遊，紅酒入腸，有人高歌，有人跳舞，我被邀當街跳舞，害羞又不會跳舞的我，躲到人叢後。

夜宿鎮上旅館，冷到難入眠，同行詩人楊淇竹就起來看星星，可惜我徹夜清醒躲在床上緊抱被毯，無緣見識安地斯山燦爛星空！

第八天，05.28，上午9：00從聖地亞哥德丘科搭車往回到特魯希略。重遊這一座可愛城市，教堂依然吸引遊客眼睛，廣場、街道適合散步，黃昏最富詩情。搭十小時夜車回利馬。

第九天，05.29，重返首都利馬。總算有一天的時間自由行，在商店得時時對抗購物慾！一直尋不到的羊駝，現身禮品店門口，但……

第十天，05.30，離開秘魯。

第十二天，06.01，過境紐約回到台北，想念秘魯想到精

神恍惚，一邊打包即將飛到西班牙馬德里行李（宣傳李魁賢老師編輯台灣詩人合輯《台灣心聲》漢西雙語）。

2017.12.22

讀詩人147　PG2630

 遇到巴列霍

作　　者	陳秀珍
責任編輯	楊岱晴
圖文排版	蔡忠翰
封面設計	劉肇昇

出版策劃　釀出版
製作發行　秀威資訊科技股份有限公司
　　　　　114 台北市內湖區瑞光路76巷65號1樓
　　　　　電話：+886-2-2796-3638　傳真：+886-2-2796-1377
　　　　　服務信箱：service@showwe.com.tw
　　　　　http://www.showwe.com.tw
郵政劃撥　19563868　戶名：秀威資訊科技股份有限公司
展售門市　國家書店【松江門市】
　　　　　104 台北市中山區松江路209號1樓
　　　　　電話：+886-2-2518-0207　傳真：+886-2-2518-0778
網路訂購　秀威網路書店：https://store.showwe.tw
　　　　　國家網路書店：https://www.govbooks.com.tw
法律顧問　毛國樑　律師
總 經 銷　聯合發行股份有限公司
　　　　　231新北市新店區寶橋路235巷6弄6號4F
　　　　　電話：+886-2-2917-8022　傳真：+886-2-2915-6275

出版日期　2022年01月　BOD一版
定　　價　390元

國家圖書館出版品預行編目

遇到巴列霍/陳秀珍著. -- 一版. -- 臺北市：
釀出版, 2022.01
　　面；　公分
　　BOD版
　　ISBN 978-986-445-571-3(平裝)

863.51　　　　　　　　　　110019338